米辣辣在成都

男模时代的米辣辣

杂志时代的米辣辣

老牌玉女姚梦露是米辣辣的女神

每天叫醒我的不是闹钟也不是梦想，而是米辣辣

戴帽子的米辣辣

头大身小的黑黑

我照着黑黑样子做的布玩偶

耐心仰起毛脸等待开饭的黑黑

# 一只狗的传奇

米辣辣 著

北方文艺出版社

图书在版编目（CIP）数据

一只狗的传奇 / 米辣辣著 . -- 哈尔滨：北方文艺出版社，2019.7

ISBN 978-7-5317-4079-7

Ⅰ . ①一… Ⅱ . ①米… Ⅲ . ①长篇小说 – 中国 – 当代 Ⅳ . ① I247.5

中国版本图书馆 CIP 数据核字（2017）第 268845 号

**一只狗的传奇**

YIZHIGOUDECHUANQI

作　者 / 米辣辣

责任编辑 / 宋玉成　刘想想

封面设计 / 琥珀视觉

出版发行 / 北方文艺出版社

网　址 / www.bfwy.com

邮　编 / 150080

经　销 / 新华书店

地　址 / 黑龙江现代文化艺术产业园 D 栋 526 室

印　刷 / 北京洲际印刷有限公司

开　本 / 880×1230　1/32

字　数 / 110 千

印　张 / 7.5

版　次 / 2019 年 7 月第 1 版

印　次 / 2019 年 7 月第 1 次印刷

书　号 / ISBN 978-7-5317-4079-7

定　价 / 38.00 元

献给我生命中的那些可爱生灵

# 那些狗狗教会我的事儿

——《一只狗的传奇》自序

在我第一次把小小西施狗梦露带回家时，所有的人，包括我妈在内，第一个疑问就是：你会不会一生气就把它从七楼扔下？

第二个疑问是：你会不会热度一退，从此就不管它死活了？

他们之所以有如此的疑问，是因为彼时的我和很多在温室里蜜罐中长大的女孩一样，任性自我，目空一切。嗯，和肥皂剧里刁蛮讨厌的女二有一拼。

当然，他们担心的事情最终没有发生。

相反，狗狗改变了我的一生。

养梦露不久后的一个下午，阳光慵懒，我去逛街。忽然，毫无征兆地，那张毛茸茸的胖脸浮现在我脑海，我饶有兴趣地回想起可爱稚嫩的它和它那憨态可掬、令人发笑的动作，脸上挂着谜之傻笑。

随即，一丝从来没有过的，温柔的甚至带点儿缠绵的快意在我的心内慢慢滋生，渐成恣意汪洋。

这种感觉猝不及防，让我略略惊讶，并不亚于我第一次见到暗恋少年的那种悸动。不同的是，这种悸动相伴着温暖。

当时我并不知道，这就是爱，是我这个从小被宠坏的、坏脾气的女孩混沌未开的内心，第一次滋生的柔情。

有几年，因为工作需要（生活所迫），我不得不把米辣辣送给了一对老夫妇。在米辣辣凄厉的拍门尖叫声中，我头也不回地离去。那个时候，我想，如果米辣辣过得好，我从此再不打扰它和它的新主人了；如果它过得不那么好，我会马上出现。

几年后，那对老夫妇因故不能再养米辣辣了，我又重新接手了它。这时我才知道，在过去的几年间，除了吃饭睡觉，米辣辣都守在门口，痴痴地等我。

那一刻，我潸然泪下。

多少人一生都在追逐爱，多少人一生也不懂得爱。

而我的这扇大门，无意间被一条毛茸茸、胖乎乎的小狗，跌跌撞撞地打开了。

我是多么幸运，我是多么幸福！

英国著名作家吉米·哈利在畅销书《万物有灵且美》中讲了这样一个故事：一个十一二岁的孤儿小混混，年龄虽小却是个鬼见愁的小坏蛋。有一天他遇见了一只重病的小猫咪，可怜的小生命唤醒了这个小坏蛋内心潜藏的怜惜与柔情。他用尽方法，苦苦哀求别人帮助，尽管得到了一位兽医的悉心救治，但小猫咪最后还是离开了这个世界。小猫咪也许是小坏蛋在这世界上最后的温暖，而失去了这温暖，小坏蛋的脸上又渐渐浮现出了冷酷的微笑。

我比小坏蛋幸运。因为狗狗的出现，改变了我的一生，我安然度过了叛逆的青春期。而我最爱的米辣辣，从海南岛到成都，我陪它走完了十七年的漫长“狗生”。太多美好的往昔，历历在目，也算了无遗憾。

很多人觉得我对狗狗好，照顾它们的生活，为它们付出许多。可是只有我自己明白，在这个过程中，其实我得到的更多。

曾经，它稚嫩的模样，唤起了我对世界上一切弱小生灵的怜悯；它的顽劣，无时无刻不在考验着我的耐心；

在对它每天重复琐碎的照料中，我懂得了责任心；目睹了一个生命从幼小到衰老直至死亡的过程，虽然残酷，但让我认识了生命的本质。

狗狗让我逐渐成熟宽容，内心丰富坚韧，笃定又从容。

是的，养狗让我从此懂得了爱与责任。这是我生而为人最为宝贵的财富，也是最大的幸福。相信这也是很多热爱小动物的人共同的感受吧。

我一直有一种感觉，可爱的小动物们（不局限于狗，猫咪也好，乌龟也好，兔子也好，小鸟也好）都是天上掉下来的“一坨屎”（天使嘛），是上帝派到人世间，专门抚慰、拯救我们这一颗颗在滚滚红尘中，日益疲惫、日益粗糙的心灵的。

现实生活中，我有着不同的朋友圈，旅游圈、美食圈、音乐圈、同行圈等等，唯有宠物圈的朋友幸福指数最高。在这个瞬息万变的年代，宠物圈里恩爱幸福的夫妻比例比其他圈高得多。就算单身人士，猫猫狗狗也给了他们最大的快乐慰藉，令他们怡然自得。

是的，拥有爱与责任的人，总是最容易被幸福亲吻的。

爱小动物的人，运气都不会差。

# 目录

# 一只狗的传奇

米辣辣，马尔济斯犬和西施犬荒唐爱情的结晶，资深宅男。原籍海口，后定居成都，爱喝啤酒，以翻垃圾桶啃脚丫为主要娱乐方式，最喜欢的歌是《爱拼才会赢》。

馒头脸的米辣辣不是一只传统意义上的完美狗，忠勇救主和它毫无关系。性格古怪、暴躁、多疑、神经质、爱嫉妒，还有点儿小猥琐，甚至还有僭主的倾向。但是它的一生丰富多彩，跌宕起伏，充满传奇色彩。

米辣辣上过当时国内几乎所有的宠物杂志，四川电视台宠物栏目《动物号外》曾经推出重磅报道《传奇小米》；成都首届狗模大赛十佳狗模之一，因为差点儿在T型台拉粑粑而痛失第一名；做过知名宠物产品的形象代言狗（混杂在一大群狗之中，如果你对米辣辣足够熟悉的话，还是可以艰难地分辨出来的）；以“长相Q身世奇”成为国内知名宠物网站的当红狗，它的粉丝自称“米粉”，某年北京米粉甚至组团到成都来拜访它，顺便领略一下西部名都的风采；米辣辣和西施狗梦露那段跨越一生的真爱更是让它显得那么卓尔不凡。

它的故事，三天三夜说不完。

## 海南往事

像所有的传奇人物一样，米辣辣的第一次登场绝对是不同凡响的，甚至有一点儿暴力美学的味道。

多年前，当时的热血青年和中老年都热衷于冲向沿海，跟现在冲出国门差不多。深圳、珠海、厦门、海口，绝对是让每个热血青年、中老年激情燃烧的地方。

更早之前，海南甚至有“十万人才下海南”之说，有点儿类似于抗战时期的革命圣地延安。我到底算不算人才目前还值得商榷，但是并不妨碍我毕业之后就雄心勃勃，不对，“雌心”勃勃来到了海南。

我之所以选择海南，纯粹是上了当时一部电影的当，那电影虽然驴唇不对马嘴，但是海南岛的热带风情、椰风海韵无疑一下子迷住了我。

阳光、海浪、沙滩、仙人掌，还有那修长挺拔、亭亭玉立的椰树。长久以来，我一直认为植物中最具浪漫色彩和迷人风情的，一个是苏东坡老先生最欣赏的竹，另一个就是南国的椰树了。我幻想着能像肥皂剧中的女主人公一样，在美丽的异乡奋发图强，开拓出一片美丽新世界。

当时的海口给我的印象更像是20世纪30年代的上海滩，鱼龙混杂，人才泛滥。据说有一天下午刮台风，海秀路上一个椰子从树上掉下来，当场就砸死了一个硕士和一个博士。那个被立即送到医院急救拣回一条小命但成了植物人的，就是那个不幸的博士的老婆——博士后女士。

我很快见识了现实的骨感。几经辗转，我成了一个野鸡旅行社的导游，带团之余，就是在天桥上、机场门口、酒店外散发传单拉客，被保安和城管追得东躲西藏。

某日深夜，吃完宵夜回家。快到家门的时候，突然一阵凄厉的尖叫声划破了宁静的夜空，我一下子毛骨悚然。正待逃之夭夭时，我听出了这是一只狗的惨叫。那时在成都老家我已经有了亲爱的梦露，这使得我对全世界所有的狗都有了一种特殊的感情。我甚至能够听出，这是一只小狗的惨叫。

黑暗中，我毫不犹豫地循声跑去。

我永远忘不了当时的情景，在一个亮灯的三楼窗口，一个赤身的男人骂骂咧咧地拎着一只拼命挣扎的小狗的尾巴，正作势往楼下扔。也许他不仅仅想把它扔下楼了事，而是想扔得更远。所以他当时摆开架势，头往后仰，胳膊往后举，像运动员掷铅球一样……

“你干什么？”我怒喝道。

那男人被半夜兼半路杀出的我吓了一跳，手一下子在半空顿住：“我不养了，想把它扔了。”他向我解释道。好像他扔的不是活物，而是西瓜皮、破袜子、啤酒瓶、烂茄子一样。

“给我放下！”我冷冷说道。

从小我就晓得“道不同不相为谋”，对这种人渣多一个字我都懒得说。

那人被我镇住，缩了回去，嘴里还分辩着什么。一会儿我就听见铁门打开的声音，一只蓬头垢面、魂飞魄散的小狗从楼上屁滚尿流地滚下来。

这只吓破了胆的小东西就是米辣辣。

## 一、我从来没有见过如此多疑、如此古怪的狗

后来我得知了它的身世。

没想到当时年仅四个月的米辣辣就是一只有伤痕有故事的狗了。它的第一任主人是个漂亮的四川女孩，那女孩

非常爱它，米辣辣的幼年几乎是在那女孩的怀抱中度过的。可是跟世界上所有的幸福一样，米辣辣的幸福也同样是短暂的。

不知道什么原因，那女孩死了，是自杀的，开煤气自杀的。临死前，她流着泪把心爱的小米辣辣关到了门外。也许她从此上了天堂，可是小米辣辣却从此下了地狱。就像万恶的旧社会里苦命的青楼女子一样，落到那个要扔它的男人手里之前，它已经被转手了数次，算得上历经沧桑阅人无数了。单是从初遇时它嘴边沾着的那根鱼刺就足够让我产生丰富的联想，年幼的它过的是多么不堪的日子啊。

米辣辣所有的噩梦都在遇见我之后结束了。但是，幼年时可怕的经历给它的伤害实在是太深了，使它小小的心灵完全扭曲了。所以它真的是个异常反叛的问题狗。如果有个记忆播放器的话，我想除了最初的那个四川女孩给它的短暂温暖之外，小米米关于过去，都是些痛苦的不堪回首的记忆。这些痛苦的经历彻底扭曲了那颗本该天真烂漫的狗心。

我从来没有见过如此多疑、如此孤僻的狗。它在一生中，都坚决抗拒着任何人的亲热和拥抱，其中也包括我。

它对人的敌意和戒备到了无以复加的地步。不要说抱，就是伸手去摸，它的小小的胖胖的身子一下子就僵硬了，白多黑少的小眼睛顿时流露出深深的恐惧和敌意，然后掉头就是一口，并且还是疯狂的连珠炮似的伴随着“啊啊啊”尖叫的咬法，相当于武林高手的鸳鸯连环腿。如果你还没有停手的话，它就会龇牙咧嘴拼死挣扎，发出我第一次遇见它时听到的那种惨不忍闻的尖叫声，那副疯狂绝望的样子让我既怜惜又害怕。

当时刚刚救下小米米，我其实就开始犯愁了。那时的我，还在异乡为生活奔波，住在楼梯间不到十平方米的三角形陋室里，而且比正常的房子要低矮很多。我之所以住这么奇怪的房子，则是因为这是储物间，价格便宜。

四季炎热的海南岛，屋里只有一扇小小的窗户，类似监狱的那种，只能容得一只猫翻进翻出。唯一的家电就是一个小小的风扇，每天都在卖力地转。四周的墙壁，到晚上摸上去都是热乎乎的，感觉自己就是铁板上的鱿鱼。

再加之平时自己都是饱一顿饥一顿的，突然来了这么个古怪神经质的小拖油瓶，那种狼狈，真的是一言难尽。

我第一次成功给它洗澡已经是我们相遇一个月以后了，虽然我带它回家的第二天就打算给它洗澡。

## 二、一怒之下我丢了米辣辣

米辣辣作为一个重度被迫害妄想症患者，平时连摸都不让摸一下，要想给它洗澡，相当于与虎谋皮，难度不亚于让葛朗台买单，叫烈女卖春。

关于妄图给它洗澡的惨烈过程我都不愿意回忆了。记不清是第几次了，在搏斗中我负了伤，胳膊上都被抓出了血痕。连同在异乡漂流的艰辛，沉重的生活压力，我终于崩溃了，不顾小米米的张牙舞爪、咆哮暴怒，我一言不发抱起它就下了楼，把小米米放在楼下的空地，连湿透的衣服也没换，打上出租车扬长而去。几乎是我上车的同时，小米米尖利的嚎叫骤然停止。

我没敢回头看。

到了我的好朋友家。她看到了我狼狈不堪的模样，听了我无比懊恼的述说，不断地安慰我，带我去好吃好喝，晚上还带我去夜总会看节目，可是我怎么也开心不起来。

一怒之下丢了小米米，我的心情可以用“失魂落魄”来形容，就像一把锥子一样不断地锥着我的心，那种空荡失落的滋味就像我才是那只被扔掉的小狗。这个小东西除了狂吠咆哮甚至把我当作假想敌外，当时还患有皮肤病，弄得我的三角形屋子里异味扑鼻，连从我门口过的人都皱眉头。

那是十月的海口哇！这个小东西给我带来了那么多的烦恼，一言不合就对我又抓又咬，我在家父母可是从来不舍得动我一指头啊。我来海口可不是受这个忘恩负义的狗东西欺负的，怎么我也对得起它了。

我不停地安慰自己。是的，我救下它，而且把它带回了家，我已经够对得起它了。它有今天的可耻又可悲的下场完全是咎由自取！人犯了罪还得受惩罚呢，狗咬人的严重程度大概跟人类世界的杀人罪等同吧……我就这样胡思乱想着。

可是我的眼前晃动的还是小米米，我的小米米，虽然小米米未免有点古怪乖戾，但是小米米也有它可爱的地方啊。我一回家就兴奋得尖叫不已的小米米；从来不挑嘴，连空心菜拌饭都吃得津津有味的小米米；连我半夜上厕所也要睡眼惺忪、跌跌撞撞跟着我的小米米；我拖地的时候，趴在窝里一动不动，歪着脑袋，小眼睛却随着拖布的移动滴溜溜转动的小米米。还是幼犬模样，眼神稚嫩，卡通熊一样毛茸茸、胖乎乎的小米米；小的时候吃了太多苦头的小米米，我曾经发誓要照顾一辈子的小米米……

终于我再也忍不住了，我要去找小米米。可是已经过去六七个小时了，我还找得到我的小米米吗？

回到出租屋门口，空荡荡的，哪里还有小米米的影子？我不死心，在周围找了一遍又一遍，随后是一次又一次的失望而归，一种从来没有过的悔恨充溢了我的心头……

我怀着无比沉重的心情拖着无比沉重的脚步，回到了我的三角形的房子。刚刚上了三楼的楼梯，我简直不敢相信自己的眼睛：小米米正端端正正地坐在门口，由于抗拒洗澡，晃眼一看，像门前扔着的一个脏兮兮的卡通熊玩具。看见了我，小眼睛顿时充满了惊喜，它没有像往常一样扑过来，只是冲我怯生生地摇着它的筷子尾巴，有几分忸怩有几分不安……

我一把抱起了我的小米米！小米米顺从地被我抱起，一点儿也没有挣扎。不但没有挣扎，小米米还伸出两只胖乎乎的小爪子，紧紧地搂着我的脖子，粉红色的小舌头亲热地在我脖子、脸上一阵狂舔，圆胖的身子激动地颤抖着，嘴里还“咿咿呜呜”地诉说着什么，充满了劫后重逢的喜悦。

这是我们相遇以来，第一次如此亲密，抱着我失而复得的宝贝，我把脸埋在小米米软软的毛中，感受着它温暖稚嫩的气息，觉得它真是天底下最可爱、最宝贵的乖狗狗。天哪，这么可爱的宝宝我居然差点儿给扔了，我是个多么残忍的人哪！

当晚，小米米乖乖地洗了个澡。

## 三、第一次去医院

小米米终于被洗了澡，洗得白胖胖，香喷喷的，像刚刚剥出壳的花生米。可是问题来了，它只香了一天时间就变臭了。虽然海南岛气候炎热，但米米毕竟不是一碗稀饭哪，哪会这么容易变馊啊？再看看它经常瘙痒难耐，恨不得把皮扒下来的样子，我觉得这个小东西可能有点儿不对头了。

多年前的海口，光是打听宠物医院就让我费了不少劲。很多人觉得奇怪，狗还要看病？狗还有医院？一个朋友甚至当场笑得差点儿噎死，仿佛这是天底下最滑稽最荒谬可笑的事情。

后来终于让我打听到了，海南省畜牧局下属的一家动物医院，是当地一家比较专业比较正规的宠物医院。不过从它墙上的图片来看，我疑心它还要给牛啊，猪啊，鸡啊看病。

米米的病很快得到了确诊，原来可怜的米米有重度的中耳炎还有皮肤病。怪不得它那么抗拒洗澡。除了打针吃药还要擦药。可怜的米米。

打针的时候，米米看见医生拿出了它从来没有见过的新式武器，被迫害妄想症顿时发作，发出似狼嚎似蛙鸣似鸟啼似虎啸的各种诡异凄绝的声音，摆出了飞蛾扑火、鱼死网破的架势。最丢人的是，它还当场拉出了粑粑，好歹也是个男人哪！

可是那个干练的女医生根本没把米米这些花拳绣腿放在眼里，转身拿出一截绷带，麻利地把米米的嘴巴套上，迅速打了个结。米米的嘴巴被拴住，好比凶犯被缴了凶器。敌军放下了武器，那四个在空中挥舞的胖胖的爪子的杀伤力，只要躲闪灵活，可以忽略不计。

由于米米的耳朵痛，碰都不让碰，所以每次擦药我都学着那个女医生，趁它不注意，用绷带先把它的嘴巴绑起来，系个蝴蝶结，它愤怒咆哮暴跳如雷，却尽在无言中。呵呵。然后我再把它放在高处（从书里我知道狗都有恐高症，把它放在高处可以杀杀它的威风），小心地掀起它的耳朵，往里面滴药，最后还要摁住它的耳朵揉一阵，再摇晃一阵，让药水顺利地流入耳道。

滴完药后，把张牙舞爪的米米放在地上，虽然口不能咬也不能叫，它仍然气得浑身乱颤，胸膛里发出“呼哧呼哧”可怕的喘息声，眼露凶光，一副要跟我拼命的架势。

我总是要等它稍微平息下来后才小心翼翼地解开它的嘴套，一边敏捷地逃开，一边叹息着它如此不知好歹。不过让我欣慰的是，米米的症状明显好转。

可是不等米米完全治愈，我就要带团去三亚，一去就得三天。米米吃药很简单，由于这孩子是苦出身，缺乏品位，天生牛舌头，没有那么挑剔，只需把药片轧碎放在它最爱喝的牛奶中，它就兴冲冲地跑过来，埋头“咕噜咕噜”地一口气喝完，根本不知道自己已经中计。可是给它擦药就没那么简单了，不仅需要智慧还需要勇气，这么智勇双全的人，除了我自己，暂时还没有发现其他人。

## 四、第一次住酒店

我毅然决定带着米米去三亚，虽然我知道作为一个导游，这种行为是非常不妥的，但是当时我已经没有选择了。

那次我带的是台湾团。上车时，大家意外地看到车上居然有条小狗，导游小姐的小狗，并没有太多的惊奇，还有人夸它可爱，更有人想去抱它、摸它。我赶紧拦住，因为那时米米已经眼露凶光了。

我趁机讲述了它哀婉离奇的身世，为米米的三亚之行先打好群众基础再说。事实证明我的工作方式还是有效的，米米的遭遇让客人们唏嘘不已，甚至有一位客人当场表示下一次来海南一定给它带衣服。

后来他真的托朋友给米米带来了衣服，还是当时很少见到的运动服呢。还有一双鞋子，四个小鞋子整整齐齐地装在一个圆盒子里，那个带东西的朋友说他还一直以为是四个小钱包呢。

车开不久后，我最担心的事情终于发生了！米米对这群莫名其妙的人的敌意终于爆发了！它开始了惊天动地的狂吠。

这一路上，我用尽了各种各样的方法，仍然不能够让它停止高歌。这真的是一件非常可怕的事情，客人是来度假放松的，不是来听鬼哭狼嚎的。我的尴尬困窘可想而知，我打它、骂它、安慰它、恳求它，米米却是越挫越勇，声音也更加嘹亮古怪，边叫小眼睛还对我翻着白眼，充满了挑衅。我向客人道歉，发自内心地表示歉意。

可是没有一个客人责怪我，还有人提醒我是不是小狗晕车，甚至还有人让我给它喝水，免得它嚎久了口干舌燥。米米“咕噜咕噜”喝饱了水后，精神大振，轻蔑地瞥了众人一眼，重新开始了山路十八弯。真的是“一路高歌到天涯”啊！

终于到了三亚，我原本打算在酒店的旁边找家小旅店，把米米放在那儿，等安顿好客人再去照顾它。可是听了我的打算后，一个客人说不用啦，然后脱下他昂贵的大衣，递给我，把米米裹在里面，晃眼一看，好像抱的是个娃娃。米米也可能是一路上吵累了，被抱着的它居然小脑袋一沉，睡了。真是吉人天助，我们被客人们掩护着，居然混进了南中国大酒店。

等服务生看见客房里居然有只狗时，还来不及发出疑问，我赶紧塞了一百元给他——真是改为“有磨能使鬼推钱”更好，这是蜡笔小新里的一个梗，相信了解此梗的读者朋友，都能会心一笑他的嘴巴张了张，又合上了。

米米这次终于有点儿解风情了，在我出门的时候，居然一声不吭，没有给我添乱。不过当我回房间的时候，没有看到米米，阳台没有，洗手间也没有，我开始心慌意乱了，这时才发现地毯下有团东西隐隐在扭动，一会儿，钻出只蓬头垢面、花容失色的灰墨色狗狗来。如果不是确信这屋里只有它这一只狗，我简直认不出来它就是白胖子米米了。它好像把这个房间或者说这个世界上所有的灰尘都集中在身上了，脏得没有了眉眼，就像从垃圾桶里爬出来的一样。

原来我走了之后，百无聊赖的米米钻进了地毯，成了一个地下工作者，默默耕耘，东拱西钻。这样也好，只要不引吭高歌给我惹麻烦就好。

这是米米第一次住酒店的经历。它后来也住过数次，不过都是朋友的酒店啦。米米作为特邀小客人，自然没有人敢小觑它了。

## 五、被房东嫌弃的讨厌鬼

在小米米出现之前，我是个颇受房东和邻居欢迎的人。

小米米来了之后，我的房东和邻居对我的抱怨逐渐多了。

小米米根本不知道它的年少无知给我惹来了那么多的烦恼，这个时候的它已经开始了对我无限的依恋，表达的方式却是在我不在家的时候就歇斯底里地狂吠不止。看到那张不谙世事、混沌无知的馒头脸，我想起了曾经看过的一幅漫画，一个灰头土脸的小耗子骄傲地仰着脖子宣称：“我丑我妈喜欢我。”

的确，在别人眼里，小米米就是那只讨厌的小耗子。每天准时到邻居家门口拉一泡热气腾腾的粑粑，让人防不胜防。只要门口有人经过，就狂吠不止，吓得人家不知所措，动也不敢动（这个习惯直到2002年它第二次回到我的身边才彻底改掉）。只要我不在，它就整夜整夜地狂吠，扰人清梦。

可是只有我知道，年幼的小米米曾经的遭遇让它非常缺乏安全感。如果我在家的话，它就会很满足、很安静，睡觉时还会打起均匀的小呼噜。如果我不在家，它就会惊恐无助，整夜地狂吠，那是孤独的小米米在呼唤着我。我一天到晚迫于生计，早出晚归，不能很好地照顾它。很多时候，小米米晚上甚至得饿着肚子等我。是的，这些都不是小米米的错。

当然我不可能跟每个人这样解释。

我能做的除了道歉，道歉，还是道歉。

尽管我喜欢狗，可是如果不是在那样非常的情况下邂逅小米米，我根本不会养狗。我清楚自己的条件，为生计东奔西跑，实在不适合养狗。可是这个时候我已经上了贼船，无法放弃米米了。彼时在我的心目中，小米米并非烫手的山芋，而是我在遥远的异乡，伴我度过艰难岁月的唯一的亲人。

后来的结局，自然就是搬家。

当然，也不是每次搬家都是小米米惹出的事端。我就亲眼看到，我的刚洗得香喷喷的小米米（它后来已经爱上洗澡了）端端正正坐在地上，歪着脖子，一副小狗天真烂漫的神情，好奇地看着房东家顽皮的孩子颤颤巍巍地划着火柴，去点燃它头顶那撮小小的、被我扎着蝴蝶结的冲天小辫子，妄图火烧小米辣。我大惊，呵斥走了鬼哭狼嚎的房东的孩子，抱起了我的不知所措眨巴着小眼睛的小米米，心里感到一阵酸楚。连这么小的孩子都可以欺负我的米米，米米，我要保护你一辈子。这个鬼地方我们还是赶紧走吧，免得哪天我的米米被点着了。

我没有想到的是，在一年之内，我竟然搬了五次家，比我父母一辈子搬的还要多。

而且我之所以一年之内搬了五次家，都是因为我的米米。

当时的海南，养狗的不多。

很多房东，一听说我带了只小狗，就干脆拒绝了我。

好不容易找到了新家，小米米重操旧业也让人家怨声载道，没多久就给我下了最后通牒，要么搬家走人，要么把狗送走。

## 六、顶楼的时光

房东的孩子欲火烧米米的事件更坚定了我保护米米的

决心，我当然还是收拾起我简单的行囊，带着我的米米，辗转一个又一个地方。

每次搬家的时候，米米都十分兴奋。因为只有这个时候，它才有机会坐车，虽然坐的是最破旧的小货车。米米总是把头伸出窗外，眯着小眼睛，贪婪地望着一掠而过的街景，筷子似的尾巴微微摆动着，时不时还回头感激地亲我一口。所以我一直怀疑这个小东西不断给我制造麻烦让我居无定所，其目的不过是为了满足它无聊岁月中“游车河”的渺小愿望。

后来我们总算安定下来了，当然，是做出了小小的牺牲的。

这回，我有意识地选择了没有人愿意租的顶楼。海南岛四季炎热，顶楼可想而知，后来我才发现，睡到半夜墙壁都是热的。而且，顶楼是物管保安的宿舍。可以说除了炎热，还有脏乱差夹杂吵闹。但是，这样也好，就没有人嫌弃我的米米了。

真的是时势造人啊。为了我心爱的米米，我不但学会了看人眼色，甚至学会了拉拢腐蚀革命群众。我意外地开发了自己的潜质，当然这种开发对我的未来发展也是有好处的。

首先，我很快就和物管保安搞好了关系。没有人会拒绝一个薄有姿色的女生的热情吧？当然光有热情是不够的，俺可不是光说不练的人。我还施以烟酒、水果、零食等各种小玩意儿，包括打包美食等等小恩小惠，成了整栋楼最受欢迎的人。

其次，我在他们中间物色了一个稳重细致的湖北男孩，作为小米米的全权代理人。我要出门的时候就把钥匙交给他，让他替我照顾米米。为什么不直接把米米放他那儿呢？因为他的宿舍人来人往，我怕米米趁乱逃遁。

这样的话，我回家的时候，经常可以看见我的房间里是烟雾缭绕宛若仙境，连我的床上都坐着人在看电视。而我是医生的女儿，从小不换睡衣是不能靠近床的。可是毕竟米米的生活得到了保障，我也宽慰不少。

也就是这个时候，米米学会了喝啤酒。当我风尘仆仆地从三亚回来，一进门，就看见一个保安把啤酒倒进米米的碗里。米米顿时来了精神，连我也顾不得迎接，埋头咕嘟咕嘟地把啤酒一口气喝完，然后就在屋子里一阵狂奔疯跑，就像人喝醉了一样，惹得众人大笑不止。后来只要他们一喝啤酒就给米米倒上一杯，我还看见有人和米米干杯呢。

这段时光，无疑是我和米米在海南最快乐的时光。那时我是导游，带团吃饭的餐桌上每次都少不了海南的四大名产：文昌鸡、加积鸭、和乐蟹和东山羊。客人吃不完，我就打包给我的米米。每当米米看到我拿回来这些美食时，都兴奋得尖叫不已，然后埋头吃得风卷残云，边吃边摇着筷子似的尾巴，嘴里还“咿咿呜呜”的。我猜，它可能说的是，“唉，要是再来杯啤酒就更棒了！”

我的门前有一棵高大的槟榔树，站在阳台上触手可摘槟榔花。我用槟榔花给米米做了个花环，它蹦蹦跳跳戴着花环去隔壁讨啤酒喝，然后摇摇晃晃回来，倒窝便睡，就像一个宿醉的男人。花环也离奇失踪了。

这段快乐时光，一直持续到米米离开海南。

不久，春节就到了。

我带着米米也就是米辣辣回到了成都。

从此，爱听《爱拼才会赢》的海南籍狗狗米辣辣，远走他乡，一生中，再也没有机会回到它的故乡海南。

我不知道狗会不会做梦。如果会的话，米辣辣的梦中是否会萦绕《爱拼才会赢》的旋律，是否会出现门前的槟榔花，还有豪饮啤酒的惬意？

# 终日守候门边的“官二代”

## 一、米辣辣的贵人驾到

我把米辣辣带回成都，就没有想过再把它带回海南。虽然过了春节假期，我依然会回海南。

没错，我打算在成都把米辣辣送人。

为什么不在海南送人？

物以类聚，人以群分。作为一个“海漂”，我认识的人，都是跟我差不多的“海漂”，居无定所，漂泊无定。如果送给他们，随时随地相忘于江湖，我和米辣辣从此离散，再也不能知道米辣辣的下落了。我要给米辣辣找个家，虽然分开了，但是我永远都能知道它过得好不好。这样，我才心安。

其实在收留米辣辣不久，我就托付成都的朋友为米辣辣找下家了。

回成都之前，好消息就传来了。

给我带来好消息的人叫赵楠楠，是我的高中同学。

赵楠楠是个市级机关的财务人员。但是，赵楠楠的形象会彻底颠覆各位关于机关女干部端庄大方的所有想象。

那段时间，正是互联网上Flash动画片风生水起的时候。朋友都向我投诉她简直太像根据任贤齐的《绝望的生鱼片》改编的动画片中的女主人公了。那个Flash我至今没欣赏过，但通过朋友们的描述我已经是相当熟悉了。

“绝望的生鱼片”是个处于青春期苦闷的大学生，这种平凡的小男生在大学是注定了要受骄傲如小母鸡的女生忽略的。生鱼片同学在网上认识了自称“忧郁的小萱萱”的女生，“绝望的生鱼片”很快就被风情万种性感撩人的小萱萱迷住了，小萱萱甚至把睡衣上有蕾丝花边的这些女孩子的小秘密都告诉了生鱼片，生鱼片更是夜不能寐。终于有一天他们相约见面。于是，奇迹出现了：

“绝望的生鱼片”没有等来他的梦中情人“忧郁的小萱萱”。“一只恐龙出现在地平线，走路还套着游泳圈……”原来是个浓妆艳抹雌赳赳气昂昂的胖婆娘。最后的画面是“忧郁的小萱萱”狞笑着扑向了“绝望的生鱼片”，“绝望的生鱼片”被当场丢翻。

当然小萱萱的行为和赵楠楠无关，她们只是神似形似而已。我的朋友中可谓红瘦绿肥美女如云。但女人包括我自己总是对美吹毛求疵得有些矫情，比如明明五官端正偏要去整容，明明身材匀称却天天嚷着要减肥。

赵楠楠是绝对不会和自己过不去的，如今对自己的外貌的自负程度就像她的体重一样膨胀。她最满意的是她的眼睛，的确，那是一对双眼皮的眼睛，可是它镶在这样比胖大海还要胖大海的脸上实在是杯水车薪，沧海一粟，微不足道。

在赵楠楠的臆想中，她尽管身量不高，但皮肤富有弹性，凹凸有致，再加上那一双水灵灵宛若翁美玲的大眼睛，属于那种娇小玲珑的美人。她经常在我的面前自称“科花”。虽然他们科里除了她之外，就是一个五十多岁的老大姐。

赵楠楠带来的好消息就是为米辣辣找到了下家。

那是一对曾身居要职的老人，一生没有儿女，如今退出江湖了想养只狗做伴。精打细算的赵楠楠得知，反正瘦死的骆驼比马大，凭借他们盘根错节的人脉资源，自己总会有有求于他们的一天。自然是乐得把米辣辣当作免费的贡品呈之，虽然当时她连米辣辣的照片都没有见过，但是经她向那对老夫妇一番天花乱坠的描述，老夫妇竟然心动了，答应接纳米辣辣。

第一时间，赵楠楠就把这个好消息通过电话告诉了我。

“米辣辣去的可是官宦之家，它马上就是官二代了。”电话里，赵楠楠义正词严。我都能想象出她垂涎三尺的样子。

我回首一看，准官二代米辣辣正抱着我的拖鞋啃得津津有味，对于自己命运的逆转似乎并不“感冒”。

## 二、米辣辣的准主人

米辣辣的准主人老两口都是高级知识分子，曾是赵楠楠上级单位的领导。准女主人郭姨高挑颀长，气度雍雅，不难看出年轻时候一定有着秀美姿容。原籍青岛的她，年轻时候还真的有某位青岛籍女明星的风姿呢。准男主人汤伯伯则是江苏无锡人，温和儒雅，说着一口软绵绵的江苏普通话。年轻时老两口是大学同学，毕业分配天各一方，两人终于结束异地分居时，郭姨已经三十多岁了，就抱养了亲戚家的一个女孩。

后来我才晓得，那位我从来没有一面之缘的女孩，在20世纪90年代居然是位名噪一时的歌星，某部当时万人空巷的肥皂剧里，就有她演唱的歌曲。在结束歌坛生涯后，她定居日本，结婚生子，以普通家庭主妇的身份，湮灭于异国他乡的人群中。汤伯伯夫妇就成了名副其实的空巢老人。

俗话说，贫居闹市无人问，富在深山有远亲，斯言诚也。汤伯伯夫妇虽然身边无子女，这些年来，各种“干儿子”“干女儿”倒是前赴后继，今天这个上门做清洁，明天那个前来做饭，总之各种承欢迎奉，只怕比对自己爹妈还要上心。得了好处的，另谋他就的，渐渐就往来稀少了，但是很快就会有“新鲜血液”补充进来，宛若过江之鲫一般生生不息，郭姨家于是一年四季都门庭若市宾客盈门。

赵楠楠看在眼里，急在心里。说起来汤伯伯曾算是赵楠楠父亲的老同事，他们在西北地区曾共事数年。赵楠楠小时候随母亲去西北探亲，郭姨还留他们全家在家里吃过饭呢。在米辣辣还未出现时，我就听她不下十次提到那个如梦如烟的“豪门夜宴”。

如今汤伯伯两口子退了下来后，那些每天接踵而至的“干儿子”“干女儿”总算是消停些了。也是，这些年，该捞的也捞得差不多了，如今逢年过节问候一下，也算是懂得知恩图报，会做人了。

这个时候，对于赵楠楠来说，无疑她的机会来了。

赵楠楠可不傻啊，这么多年，汤伯伯两口子积攒下来的人脉资源可不是盖的，光是她的上司，甚至上司的上司，好多都是汤伯伯亲手提拔起来的下属。虽然汤伯伯已经离休，但是在他们面前，说话还是很管用的。

某日，赵楠楠觍着脸，提着一大袋精心挑选的个大新鲜的水果上门。让她芳心大慰的是，虽然对于二十多年前的那场晚饭，无论她如何启发，郭姨都记忆模糊，甚至很明显地扯到了另一个人，但是对她非常客气，一口一个“来玩就是了，还带什么东西”（汤伯伯一直在书房，据说在写回忆录，只是在出门倒水喝时和赵楠楠打了个招呼，他的记忆同样不比郭姨强）。

郭姨坚决拒收赵楠楠的水果，赵楠楠开始还以为是故作推辞，等她发现郭姨家的水果多得完全可以开水果店了，这才没敢坚持下去。

临出门时，赵楠楠的水果不但没有送出，还多拎了一大袋据说是来自菲律宾或是夏威夷反正赵楠楠不认识的洋水果。

不过在和郭姨的聊天中，精明的赵楠楠捕捉到了一个重要的信息，那就是郭姨非常喜欢小动物。

## 三、借花献佛

其实，一进门，眼尖的赵楠楠就发现豪华的大客厅里，向着滔滔锦江的那面落地玻璃大窗前，一个制作精美的鸟架上，站着一只翻着白眼的褐色鹩哥。在赵楠楠和郭姨的整个聊天过程中，它时而摇头叹气，时而高呼“买报买报，《成都商报》《华西都市报》！”。最有意思的是，它在窄小的鸟架上来回踱步，反反复复背唐诗。不过它的背法蛮有意思的。

这只鹩哥口齿清晰，不紧不慢，气定神闲，像个忧国忧民的诗人，“锄禾日当”说完后，停顿了足足有十秒以上，这才坚定地吐出个“午”字来。

后面几句如法炮制。“汗滴禾下”之后，足足停顿十秒以上，鹩哥方才慢慢吐出“土”。

自然“谁知盘中餐”也是如此背法，性子急的人听了非要急死不可。

不过有意思的是，末了到最后那句，鹩哥在背出“粒粒皆辛”之后，那个“苦”字死活不肯再说，临到赵楠楠告辞也没有说，让赵楠楠好不失落。

由于郭姨对二十年前的“豪门夜宴”记忆模糊，赵楠楠自然无旧可叙，就只好顺势谈到鹩哥，两人这才算有了共同语言。电视上正在演《动物世界》之类的节目，就谈到了动物，当郭姨谈到最喜欢的动物是狗时，赵楠楠突然福至心灵，她想到了我在电话里曾经向她提起过的米辣辣。

精明的赵楠楠感觉到，商机来了。而且最美妙的是，这个商机不用花她一分钱。

在这次拜访郭姨之前，赵楠楠就发愁，总不能空手上门吧？但是送啥子呢？这真是个问题。汤伯伯还有几项发明专利，加之身居要职多年，身家丰厚，加之两口子都是高级知识分子，去欧洲度假跟我们去三圣乡差不多，眼光自是不俗。因此送礼成了一个颇为谋杀脑细胞的事情。

当然，如果你有心的话，送礼也不会那么复杂。关键是，唉，这得从赵楠楠的性格谈起，就插播一段她买菜的片断吧，你就晓得她是哪种人了。

某次和她一起买菜，首先她会不厌其烦地徘徊在每一个菜摊前，问价杀价，对着一堆萝卜、茄子像个敬业的老中医一样望闻问切，嘴里一边挑剔贬损，一边在摊贩的强烈抗议声中剥去老叶。

比我买十个楼盘还费劲，她终于称了一斤白菜。她买菜还有个习惯性的动作，趁摊贩把菜装袋之际，嘴里叫着“再添一点儿”，顺手拿个姜蒜抽根葱。

你以为这就结束了？你太年轻太天真了，她即使买了白菜，也会在每一个路过的白菜摊前驻足，恋恋不舍地讨价还价，点评白菜。如果比她菜篮里的白菜贵，她就心满意足心平气和；如果比她菜篮里的好，她就像嫁错了郎的哀怨少妇一样恨不相逢未嫁时。

忽然她眼睛一亮，扔下我疾步而去，原来是菜市场的门口新到了一车鲜嫩的白菜，小贩吆喝着：“白菜便宜卖了，八角一斤！”

她上前抚摩了一下白菜，那神情就像有情人擦肩而过一样痛惜。我早就不耐烦了，皱着眉头连声地催促她快走。

我妈经常说我是猪脑袋，比起赵楠楠来我的确是猪脑袋。“这小白菜跟刚才的一模一样，只要八毛，可是刚才的要一块，一进一出就是两毛！长此以往国将不国。”懊恼之余，赵楠楠提起菜篮就往回走。

我不明白发生了什么事，只好疾步跟在后面。当我明白赵楠楠是找上家退货时，连我都想吵架了，不是跟菜贩而是跟她。

且说那摊贩因为刚才的胖妇人杀价颇为狠辣又自带弹簧秤，边挑还边择去老叶，临走时又从菜摊中抽去一根葱，早就心怀不满，不料她又杀将回来理直气壮地要退货，顿时被气得张口结舌，哪里肯依，于是一场恶骂也在情理之中了。

这样的人，你要她自掏腰包买个像样的礼物，还不如杀了她呢。

## 四、王不见王

的确，在我眼中，没有比郭姨更好的人家了。

这也是我能够为米辣辣做的唯一的事情了。

我决定带米辣辣回成都。

了解了飞机托运的流程，我就按步骤着手行动。

首先，我带米辣辣去医院打了免疫针，办了免疫证，然后去海南动物检疫部门办了检疫证明，再买了个结实的铁笼子，就去机场托运部门办理随机托运手续。

回成都的前一晚，我给米辣辣洗了个澡。米辣辣是马尔济斯和西施的后代，又黑又亮的圆眼睛，再配上一身飘逸的白毛，可爱得像个卡通玩具。这些都是后来米米的毛长长了我才发现的。初次邂逅时，它毛发被剪得乱七八糟，蓬头垢面浑身脏兮兮的，加之面容因惊吓而扭曲，颜值着实堪忧。

我之所以要不辞辛苦给米辣辣洗个澡，是想要给我的家人留下美好的第一印象。

我的家人，特别是我妈，听说我要从海南带只狗回来，坚决反对。

当时我家有只西施狗叫作姚梦露，它是我们全家的心肝。由于娇宠成性，它眼里根本容不下任何狗。我曾经把朋友的狗带回家，就像一个发现老公有了外遇的妻子一样，梦露当场和我恩断义绝。

那一天成了我们情感的分水岭。从此以后，西施狗梦露视我为寇仇一般。有段时间，它一见到我，甚至我从它的身边走过，它都会气得浑身发抖，愤怒咆哮，仿佛我是个十恶不赦的负心人。

狗族特有的迎接大礼我自是无福消受了。如果我一个人回家，开门见是我，正待行狗族大礼的梦露，会马上转身离去或大声叫骂。如果我是和家人一起回家，梦露则会绕过我和家人亲热，仿佛故意做给我看一样。

我喂的食物，梦露也坚决不吃，像国产老片中的共产党员一样拒腐蚀永不沾。就连它最喜欢吃的瓜子，它也懒得抬眼皮。不过如果递给家人，家人喂之，梦露则会津津有味地吃下。这种情况下，我再带只狗回家，岂不是添乱吗？我妈的反对是有道理的。

幸好在当时，我已经有了自己的小窝，就在我父母家所在的机关大院之内。这样总算可以让梦露和米辣辣王不见王。但是我身上有其他狗的气息，梦露还是敏感地捕捉到了，不过这次它面对久别的我，破例没有大发脾气或是愤怒咆哮，只是无论我如何哄它诱它，它都置之不理冷冷地看着我，或者干脆不拿正眼看我，仿佛已经心若死灰。

回成都的时候，我在机场巧遇了一个朋友，得知我随机托运了一只狗，他非常肯定地告诉我飞机货舱气温非常之低，米辣辣很可能已经在里面变成南极企鹅了，让我整个旅途都忧心忡忡。飞机遇到气流颠簸的时候，他说你的米辣辣肯定正在货舱里翻跟斗。隔一会儿，他又说你的米辣辣肯定正在偷吃基围虾。一路上就没闭过嘴，让我的心是七上八下，好想把他扔出机舱。

好不容易到了成都，谁承想因为当时收货人我填写的是我爸的名字，所以还必须回家拿到我爸的身份证才可以提取米辣辣。

等我再次赶到机场时，天已经黑了。几经周折，在一个无比空旷的大货舱里，我终于见到了米辣辣。

## 五、破灭的第一印象

一见米辣辣，我大吃一惊！

昨晚被我洗得干干净净、白白胖胖花生米般的米辣辣，如今浑身毛发凌乱，神态萎靡，眼神呆滞，跟我第一次见它时的状态差不多了，真的是一夜回到解放前。

当然米辣辣在货舱里面无论如何天高任鸟飞海阔凭鱼跃，也不会弄得如此狼狈不堪。一向以“人民北路阿加莎”自居的我，综合现场情况，立刻做出分析，米辣辣肯定是跑出笼子了。

但是铁笼子非常结实，虽然没有挂锁，但托运前我是用电线把笼子绑得非常牢固的，人猿泰山关在里面都不一定能够打开。

仔细一看，笼子里面除了脏兮兮的米辣辣，还新添了两样东西：掰成一小块一小块的包子若干，还有一个雀巢咖啡的瓶盖，里面盛满了水。顿时，我明白了，估计是米辣辣到成都以后，我回去拿我爸身份证的这段时间，托运部门某位“爱狗人士”，看见笼中的米辣辣薄有姿色，那时正巧没有公事，就打开笼门，欲将米辣辣揽入怀中，细细把玩。

不料米辣辣刚刚经历了长途飞行的折磨，又不见我的踪影，它内心的忐忑恐怕在我百倍之上吧。一待笼门打开，生人靠近，已然崩溃，自是狂叫着冲出，向机场方向飞奔。那人大惊之余，只得在后面拔足狂追，也不知历经了怎样的曲折，或许部门全体总动员，终于将米辣辣在跑向机场之前捉拿归案，难怪米辣辣的毛毛上还沾有细碎的青草。

等我们灰头土脸回了家，我那有洁癖的妈见之，其情其状，可想而知。

更要命的是，米辣辣回成都第二天，就闯祸了。

得知我带了米辣辣回家，当时还在上寄宿学校的妹妹回家后，第一件事就是买了一大包零食美味，兴冲冲地来看“狗外甥”米辣辣。

妹妹一见到可爱如同玩偶般的米辣辣，欢呼一声，伸手欲抱。我吓得赶紧拦下，因为米米已经眼露凶光了。我只得解释米辣辣不喜欢被抱，好在妹妹并不计较，拿出美味零食给米辣辣。米辣辣也不客气，张嘴就吃，场面倒也融洽温馨。

两姐妹见面，自是亲热，说到兴处，难免手舞足蹈。估计当时妹妹伸手在我肩上拍了一下，说时迟那时快，只见眼前一道白光飞快闪过，然后就传来了妹妹的惨叫声。

原来，在我们谈话的过程中，米辣辣虽然在一旁默默地啃着旺仔小馒头，小眼睛却一直往我们这边瞟，坚守着精忠护主的重任。它早就对那个咋咋呼呼，对我大声说话，甚至动手动脚的陌生女孩看不顺眼了，当看到她居然在我的肩上拍了一下时，米辣辣的热血沸腾了。

千年等一回，米辣辣知道，立功护主的时候到了。

在妹妹穿着精美的小羊皮长靴的腿上，米辣辣闪电般冲上去，狠狠地咬了一口。这一口，不但瞬间刺穿了结实的羊皮，更在妹妹白皙的小腿上，留下了血红的印记。

凶手米辣辣在作案之后，不慌不忙走到我面前，骄傲地仰着馒头脸，期待着我的夸赞。

从此，米辣辣在我家的口碑，可想而知。

## 六、梦中情人

米辣辣精忠护主之后，我妈勒令我赶紧把它送走在，越快越好。

我呢，答应得非常干脆，行动上却是能拖则拖。

就在这段时间，我的小窝刚刚装修完毕，各路狐朋狗友纷纷前来庆贺，我妈也过来凑热闹。不晓得出于什么心理，让我意外的是她居然还带上了梦露。

在这种闹哄哄的场合和我见面，梦露自是十分冷淡，只是跟着我妈，亦步亦趋，不离左右，对米辣辣更是不加理睬。

时年四岁的西施狗梦露，眼睛漆黑，如夜晚的星辰般诱人。毛发光洁飘逸，头顶扎着一个红色的蝴蝶结，娇憨可人，更兼气质高傲，卓尔不凡，可谓狗中美少女。血气方刚的少年米辣辣何曾见过这等尤物，当场就痴了！

从此，它的目光再也不肯离开梦露了。面对它的梦中情人，米辣辣的表达方式直白又笨拙，就是痴痴地盯着看。

如果梦露是块雪糕，米辣辣的目光能让它融化。

如果梦露是块牛排，米辣辣的目光能把它烤熟。

总之，米辣辣灼热的目光，痴痴地停留在梦露身上，哈喇子流了一地。

多年后，米辣辣离开的日子，正是梦露的生日，仿佛也是冥冥之中早就注定的吧。我妈说，米辣辣还是找梦露去了。梦露比米辣辣先走三年。当然，这已经是后话了。

而梦露对于米辣辣，毫不掩饰它的不屑与厌烦。就像一个心高气傲的白富美，遭到一个屌丝男的狂轰滥炸，除了不屑和厌烦，好像真的找不出其他的表情了。

当时我妈在打麻将，梦露就默默卧在她身边的椅子上。小男生米辣辣鼓足勇气，悄悄靠近，可惜还来不及一亲芳泽，梦露已气得花容失色，愤怒吠叫。我妈见状，也大声呵斥米辣辣。

米辣辣悻悻退下，没想到却从此和我妈结下梁子。以后的日子，只要见到我妈，甚至我在电话里和我妈说话，它都会大声吠叫，好像在对那个棒打鸳鸯，破坏了它伟大爱情的女人毫无掩饰地发泄着不满与愤懑。

那天我妈带梦露走后，梦露曾经卧过的椅子，好几天以内，都可以看见米辣辣吃力地用两只胖脚站立着，手撑在椅面，伸出粉色的舌头恋恋不舍地舔舐着。那模样，有几分痴心，更有几分猥琐。

在米辣辣尚算漫长的一生中，见到女神的机会不超过五次，而且其中四次都止于门口。梦露在门里愤怒狂吠，米辣辣在门外呆呆相望，堪称惊鸿一瞥，想来也令人感叹。

梦露娇生惯养，我妈最伤脑筋的就是它的用膳问题。梦露的每顿饭不得重样，这实在太考验人的创造力和想象力了，连五星级酒店的大厨都不一定能够达到这个要求。有一次我妈连大白兔奶糖拌饭这种超级黑暗料理都弄出来了，可惜它还是不买账。

梦露不吃的，或者吃剩的，每次我去妈家，回去的时候我妈都会给我打一大包，让我带给米辣辣吃。

回家后，我只需对米辣辣说：“喏，这是你女神吃剩的。”米辣辣就会飞快地扑上来，像只勤勤恳恳的啄木鸟一样，埋首狗碗吃得一粒不剩。

末了，面对空碗，恋恋不舍，舔了又舔。

有一句话是这样说的：如果你走过的路我也走过，你看过的世界我也看过，我是不是会离你近一点儿？

对于米辣辣来说，如果能够有幸吃上梦中情人的剩饭，也算是唯一能够与之亲近的方式了。

## 七、三年离索

我和米辣辣分别的日子越来越逼近了。

春节过后，我要回海口了。

虽然这是早就已知的结局，但是我依然有几分牵挂与不舍。

临走时，我给米辣辣洗了个澡，它好像一颗白白胖胖的花生米。

米辣辣是个非常内向的狗，自回成都后，一改在海南时候的大鸣大放，很少吠叫。在我刚装修的小窝里，除了对棒打它伟大爱情的我妈外，它平时很少发出声音来。我养了它那么久，邻居都不知道我家里有条狗。那段时间，米辣辣仿佛知道了我的心事，原本就内向的它变得更加沉默，连女神梦露的剩饭，都吃得有些心不在焉了。

关于米辣辣的习惯好恶，我细细写了下来，不过是些“洗澡要从后面先洗”“爱吃苹果”“爱喝牛奶”“梳头时要放在凳子上”之类的琐碎小事，连同一本我很喜欢的如何喂养宠物的日本插画书，一并送给了郭姨。

那天送米辣辣去郭姨家，自然是赵楠楠陪我一路去的。

毋庸置疑，这是我能够给米辣辣选择的最好的生活，比跟着我好十倍了。每天，它都不用再饿着肚子等我，而是可以吃到营养丰富品种多样的饭，不像跟我只有干巴巴的狗粮。每天晚上，它甚至可以像这个城市生活优裕的狗一样，和它体面的主人一起，在府南河边散步。很快就会有新的伙伴，它也就不会那么孤僻了，甚至还可以和年轻漂亮的小女狗调情，这样的话，它或许很快就会忘记对它只有不屑与厌烦的女神梦露和那一场令人心碎的初恋。

当门在我的身后关上，我分明听见了米辣辣的撞门声和凄利的哭叫，那尖叫声仿佛和我们第一次见面时它发出来的一样。

那个晚上，走出米辣辣新主人的家，独自行走在黑暗空旷的街道上，海南岛的往事不断浮现，我强忍着不断涌出的眼泪。就在那个时候，我终于明白了很多人终其一生也不一定明白的道理：

如果你过得好，请忘了我。

如果你过得不好，我会立刻出现。

这就是爱吧，狗狗教会我们的爱。

为了不影响米辣辣的新生活，从此，我只是在电话里简短问候一下。

从三天一次，到一周一次，到一月一次，再到我也记不得多久一次。

随着时间的推移，我以为我就这样忘了我的米辣辣。

我以为我就这样失去了我的米辣辣。

我也记不清到底是多久，大概是送走米辣辣后的一两年，某日，我在三亚带团。晚上，回到空荡的酒店，突然，一种奇怪的，久违的，突如其来的思绪从我心底飘了出来，那么执着那么热切地飘了出来，转瞬间就充盈了我的整个心房，那就是：

米，我突然好想你，不可遏制地想念你，想念你这条给我惹了那么多麻烦的坏狗。

我要给郭姨打电话，我想知道米辣辣的情况。

我立即拨通了郭姨家的电话，当时我只有他们家的座机号码。

电话长久地响着，可是却没有人接听。

我反复地拨打着，心却莫名地下沉下沉，再下沉。

各种担忧浮现在了我的脑海里面。

后来我想，那个夜晚，米辣辣一定也在想念着我吧。

## 八、我们就这样各自奔天涯

是夜无眠。第二天一大早我就电话赵楠楠，让她去郭姨家看看。

大约下午以后，记得是在天涯海角闹哄哄的沙滩上，我接到了赵楠楠的电话。赵楠楠怎么肯放弃这个可以接近郭姨的机会，中午下班后，她马上就去了一趟郭姨家。原来昨晚郭姨和汤伯伯看演出去了，回家很晚，没有接到我的电话。

在电话里，赵楠楠告诉我，米辣辣看起来气色不错（米辣辣全身白毛毛，不晓得她是怎么看出来的），看到她时，筷子似的尾巴矜持地摇了几下，感觉应该是认出了她。

“它现在非常依恋郭姨，郭姨走哪儿跟哪儿，上厕所都要跟到一路”。赵楠楠补充道。“他们对它非常好，汤伯伯每周去青石桥买十四个鸡脑壳，用高压锅做熟，挑出坚硬的鸡嘴之后剁细，然后拌饭给它吃，每顿一个鸡脑壳，一天两个鸡脑壳。现在米辣辣长得油光水滑，感觉天天用飘柔洗过的那种，一看就是养尊处优，很有点儿官二代的派头了。”赵楠楠絮絮说道。

我听了，放心之余，也有点儿失落。

只要你过得好，哪怕你最终忘记了我。

这大约是米辣辣在郭姨家，我最后一次探听它的消息了吧。

我要谋生，我要恋爱，生活如今已经向我呈现出了丰富多彩的方方面面。我实在没有太多的精力和心力，去关注生活无忧的官二代米辣辣了。

它如今已有了不错的归宿，而我依然在路上。

后来不久，我从海南回到了成都。

即使回成都后，我和郭姨家相距不过两三公里，我也没有像原来那样，迫不及待去看望米辣辣，甚至电话都没有打。

当时的心态，现在想来，除了“近乡情更怯”，还有就是，米辣辣已经不再是我的米辣辣，那个在海南艰难岁月中，陪伴我的，看见我回家就开心得打转转，经常吃我打包的剩菜拌饭，喝了啤酒满屋乱窜的米辣辣，如今它是有身份人家的宠物，我跟郭姨汤伯伯原本就不熟，如果经常打电话，甚至上门，夹杂在一群“干儿子”“干女儿”中间，略有不妥吧？

知道米辣辣过得好，我就安心了。

从赵楠楠口里得知，如今的米辣辣，只怕过得比我还要风光，郭姨家国外的各种稀奇古怪的宠物食品、用品都堆成了小山，当然都是那些“干儿子”“干女儿”买来的。米辣辣现在简直像个小公主，不对，小王子，那些“干儿子”“干女儿”个个都化身爱狗人士，爱心爆棚，对米辣辣好得不得了。

突然有一天，我接到了郭姨的电话。

原来，随着年岁的增大，思乡情渐浓，郭姨两口子做出了一个重大的决定，那就是，他们希望自己的余生在郭姨的故乡青岛度过，于是在半年前就做出了种种安排。如今返乡在即，米辣辣的归宿就成了一个问题。

虽然郭姨说得比较委婉，但是我还是听懂了其中的意思。我当即表示，没问题，过段时间我就去接米辣辣，谢谢你们照顾了它三年。

在当年送出米辣辣的时候，我就反复表示，如果有一天，你们不能养了，一定要通知我，千万不要转送给别人。

## 幸福是条温暖的小狗

### 一、米辣辣归来

当这一天真的到来，我的心情却是复杂的。

养狗纵然有乐趣，但是对我的自由毕竟有些束缚吧。奋不顾身的爱情倒还没有问题，但是说走就走的旅行恐怕就不现实了。照顾米辣辣需要的不仅仅是时间，更需要付出不菲的精力。如果说当初米辣辣不是处于被拎着筷子似的尾巴扔下楼的险境，我被迫挺身而出，正常情况下，再温顺漂亮的狗，我也坚决不会养的。

更重要的是，当时的我正处于人生一个特殊阶段——创业时期。

我一直坚信，所有的创业都是焦头烂额的，其程度又和创业规模的大小成正比。然而如此坚定的信念，也没有敌过我朋友三寸不烂之舌的持之以恒的蛊惑。某日，我不晓得是被忽悠晕了还是醍醐灌顶了，总之义无反顾地投入了我自己都没有搞清楚的伟大事业中去，向着福布斯一路高歌猛进去了。

其间的种种忙碌压力，间或还得南巡或是下江南，焦头烂额的程度远远超出了当初的想象。此时不要说养狗，就是金城武主动来找我让我照顾，恐怕我也难有雅兴了。

再说，满打满算，米辣辣我一共养了不到半年，加上这三年的疏离，它已经完全淡出了我的世界和我的生活。就像天各一方的异地恋，无论刚开始的时候多么热烈，时间和空间的距离，也会让曾经情烈如火，你侬我侬的感情，淡了许多。

我最热爱的英国推理小说女王阿加莎·克里斯蒂每当在千方百计揪出了出人意料的凶手后，总喜欢意味深长地说一句，“这就是人性”。

是的，这就是人性。

在时间的长河里，从来就没有天长地久。

无论对人，还是对狗。

所以，虽然我答应了郭姨，但是我并没有马上行动。

甚至，我还有些后悔在电话里把话说得太满。当时郭姨的态度其实是犹豫的，有点儿征求我意见的意思，她也并不确定是带米辣辣回乡，还是还给我。我不该太快表态了，想到这一点，我不由得有些懊恼，对于我这种人来说，语速永远快于脑子转动的速度。

暗中，我甚至希望，郭姨能够改变主意，带米辣辣回乡。青岛是个好地方啊，林青霞就是那儿的啊，米辣辣的后半生能够在美丽的海滨城市度过，不错不错啊。

直到郭姨第二次电话打来，我知道再也拖不下去了。

我非常清楚，那个时候米辣辣已经四岁了，更兼古怪神经质，再次找家，一定不会再有当初那么好的运气了，接盘侠只能是我自己。就像接受现实一样，我不得不再次接受米辣辣。

第二天，我就去接米辣辣。

这是分别三年后，我第一次看到米辣辣。

正如赵楠楠说的那样，米辣辣胖了。而且吃了整整三年的鸡脑壳，毛发发亮，气质慵懒，一看就是体面人家养尊处优的宠物狗。

看见我进来，它睁开闭着的眼睛，我看见里面倏地一亮，但是很快就熄灭了，就像一颗流星在苍茫天际无声划过。

米辣辣眼睛的一亮，我感觉它认出了我。但是阔别三年后的重逢，完全没有想象中的天雷勾地火啊。自始至终，米辣辣有点儿矜持，有点儿疏离。郭姨在旁边对米辣辣说："米米啊，你的老主人来接你了。"

米辣辣仿佛听懂了郭姨的话，这才勉强摇了摇筷子似的尾巴，感觉不过是给郭姨面子而已。

## 二、死活不出门的狗

后来，从郭姨那里，我了解了米辣辣这三年来的生活。

整整三年，米辣辣大部分时间都是在门口度过的。

事情要从我把米辣辣送到郭姨家那天说起。当我关上门离开后，米辣辣就站立在门边，痴痴地望着门口。

不知过了多久，米辣辣站累了，就顺势躺在门口。

楼梯口一有动静，米辣辣就飞快站起来，激动得浑身发抖，在门边焦急地跳跃转圈，恨不得像崂山道士一样破门而出。如果这个时候门开了，估计它能一口气冲到春熙路去。

等脚步声渐渐远去，米辣辣跳跃转圈的频率也渐渐降低，直至失望地卧在地上，重新痴痴地望着门口。

一天二十四个小时，如是反复无数次。

整整三天，不吃不喝。

第四天，面对米辣辣的痴心固执，郭姨又是心疼又是担心，这样下去，恐怕要不了几天就要活活饿死了。郭姨甚至觉得自己就像强抢民女回府的恶少，对这条倔强的小狗充满了歉意还有少许的敬意。

她已经好几次拿起电话，拨了我的号码，却又叹息着放下。

第四天晚上，她坐在沙发上，边看电视边想，如果米辣辣再这样绝食下去，明天也只好给我打电话，把米辣辣还给我，她和汤伯伯总不能眼睁睁看着米辣辣饿死吧。

正在这个时候，郭姨觉得有什么东西在轻轻地挠自己的衣服。回头一看，她惊讶地发现，不知什么时候，米辣辣站在她的面前，伸出小爪子，轻轻地挠她的衣服呢，表情怯生生的。

郭姨大喜，马上抓了把狗粮放在碗里，放到地上，只见米辣辣埋首，一颗不剩吃得干干净净。郭姨乘胜追击，又倒了一碗牛奶，米辣辣也是喝得干干净净。然后冲着郭姨，怯生生地摇着筷子似的尾巴。

汤伯伯闻讯从书房出来，也甚是欣慰，顺手把我送的那本日本手绘养狗读本拿去书房，戴上老花眼镜细细研读。后来据他说，每周去青石桥（经汤伯伯多方打听，当时只有那儿有卖鸡脑壳的）买鸡脑壳，就是从书上学来的。

我去郭姨家几次，每次汤伯伯都在书房写回忆录。后来回忆录出版了，汤伯伯还送了我一本呢。

米辣辣开斋之后，每天的生活依旧是趴在门边等我，郭姨索性把它的狗窝放在了门口。不过这个时候，它已经不会有原先那么大的动作了，每逢门外传来动静，它并不会飞快跃起，只是默默地竖着耳朵聆听，待动静渐息，耳朵又耷拉下来而已。

很快，郭姨发现了米辣辣的一个怪癖，那就是，死活不出门。你让它出门好像要杀它一样，惨叫连连，拼死挣扎，吓得郭姨只好放弃了带它散步的打算。这三年，打预防针都是让兽医直接到家里来打的。

郭姨汤伯伯都是喜欢旅游的人，老两口原本打算趁退休了到处走走，看看世界。可是养米辣辣这三年，老两口硬是没有出过门。虽然“干儿子”“干女儿”们也非常乐意向米辣辣献爱心，代替老两口照顾米辣辣。可是，面对他们的各种示好，米辣辣一直对他们敌意很深。在它来到郭姨家的头一个月，就咬伤了两个“干儿子”“干女儿”，一个是想抱它，一个是准备给它梳毛。没想到米辣辣顿时翻脸，不由分说张口就咬。两位自是哑巴吃黄连，笑嘻嘻做出宽容无所谓的样子。

## 三、一个官二代的怪癖

米辣辣的种种怪癖郭姨都可以接受，但是有一件事情最让郭姨苦恼，我甚至认为，这才是导致米辣辣三年后遭退货的根本原因。

这三年间，米辣辣只认他们老两口，根本不甩那些“干儿子”“干女儿”，他们的喂食，米辣辣看都不看，洗澡更是摆出拼命的架势来。这些日常工作，郭姨根本没办法借力于他人，都需亲力亲为。老两口年事已高，照顾一条桀骜古怪的小狗，渐显吃力。

记不清楚在哪本书上，我看到过这样一则关于狗的知识，说狗有一种天赋，一种微妙的能力，凭借气场还是气息，它能够一眼洞察对方对自己的真实情感。也就是说，它能准确分辨出哪些人是真心喜欢它，对它好，哪些是不喜欢它的。如果原本不喜欢它，但是因为某种目的故意亲近它的人，狗也能一眼看透，从而表示反感。唉，某些方面，狗实在比人还要聪明啊。

这三年，米辣辣最依恋的人就是郭姨，它心情好的时候，会主动走到郭姨身边，允许郭姨摸摸它的圆脑壳。如果郭姨的手摸到了它的背部，有一种类似虎啸的轰鸣声会在它的胸腔慢慢启动，郭姨也会马上识相地见好就收，缩回手去。

对于经常把自己关在书房的汤伯伯，它更多的是敬畏。虽然它吃了汤伯伯买的鸡脑壳整整三年，但看见汤伯伯进出，它只是在旁边默默地摇尾，绝不亲近，绝不打扰，像个很懂分寸的小粉丝。

当然，大部分时间，米辣辣还是趴在门边的窝里，等着我的归来。只不过这种盼望，春来秋去，星移斗转，已经不再像当初那么强烈，那么撕心裂肺，如今只是一种习惯而已。

三年的时间说长不长，说短不短（何况对于狗来说，三年时间相当于二十一年啊）。米辣辣当初的性格虽然内向，倒也不失天真烂漫。这三年来，虽然锦衣玉食，但是基本过着与狗隔绝的生活，梦中情人早就遥不可及。

三年了，米辣辣由一只天真烂漫的狗少年，已经逐渐成了一只神经质的古怪的中年狗。这也不难解释见面时它对我的冷淡态度。

作为一个官宦子弟，米辣辣也难免恃宠而骄。除了咬伤“干儿子”“干女儿”的恶行之外，它还有一个怪癖。

郭姨家经常人来人往，水果、食物、保健品那是堆积如山，老两口虽然坚决阻止，奈何收效甚微。放着坏掉了也是可惜，所以只要有人来，老两口就把这些吃不完用不着的东西送人了事。

每当有人送礼时候，卧在门口窝里的米辣辣总是冷眼旁观，默不作声。但是一旦有人要把家里的东西拎出去，那就不得了了，米辣辣，定会一反平时的慵懒，飞快地从窝里跃出，大声咆哮，坚决阻止。

你想啊，正当别人千恩万谢拎着礼物，点头哈腰告别之际，一条凶恶的小狗跳将出来，大声狂吠，宛如拦路虎，会让人多么狼狈，多么尴尬啊。

从此，郭姨要送人礼物之前，总会先把米辣辣诱到厨房，关上门后，方才让人拎着礼物快速走出大门。

而米辣辣虽然被关在厨房，却仿佛千里眼可以看到一般，照样在厨房疯狂吠叫。等客人走后，它被放出来，便径直回窝里，赌气趴下，连郭姨都不再理睬。

## 四、突然阴暗的面容

时隔三年，我带着米辣辣重新回到了我的家。

对于米辣辣新添的怪癖，说实话我正在犯愁呢，但是我没有想到的是，跟我回家的第一天，米辣辣就主动出门了。

我那时候的家，一楼二楼是商场，我所在的三楼，有一个非常大的公共平台。因为没有电梯，所以除了三楼住户外，凡是住在四至七楼的，都要从这块平台经过。加上平台上安置了几部健身器材，平时晒太阳健身的、晒衣服的、打麻将的都不少，熙熙攘攘，煞是热闹。

那时我刚把米辣辣接回家，听见邻居阿姨在窗前叫我，只得放下手中所提东西，来不及关门，急忙走到窗前，和她说话。

正在这个时候，奇迹发生了：我的视线中，出现了一只白色毛毛的狗狗，摇摇摆摆走到平台中间，缓慢地蹲下（顺便说一句，米辣辣是个很奇怪的狗，虽然生为雄性，但是它尿尿的时候，从来不会像其他男狗那样把腿大大咧咧地张开抬起，尽显属于雄性的豪放不羁，而是会像女狗那样，慢慢地蹲下身来尿尿，从容中自有几分含蓄），旁若无人地撒了一大泡尿，然后再不慌不忙地返回屋里。

那只白色狗狗正是米辣辣。

整整三年没有出过门的绝世宅男米辣辣居然出门了，我非常吃惊。看见它重新进门，在自己的窝里慢慢地躺下，我都有做梦的感觉。

我重新恢复了有狗的日子。在这个过程中，我和米辣辣很快重拾了往日的亲密，过着波澜不惊、温馨从容的日子。

归来后的米辣辣很快表达了对我异乎寻常的依恋，这种依恋，甚至远远强于当年它对我的情感热度。

我把米辣辣的窝放在了我的床边。我喜欢躺在床上看书，每逢这个时候，米辣辣就站在窝里，踮着两只胖胖的小脚，两只手搭在我的床边，笑眯眯地看着我，筷子似的尾巴微微摆动着。这个姿势，它可以持续很久，我要摸摸揉揉它的圆脑壳好几次，它才会心满意足地趴下躺倒。

有一次，我看书累了，不觉丢了书睡去。等我醒来，米辣辣还是以我睡前的姿势，站立着，双手搭在我的床边，笑眯眯地冲我摆动着筷子似的尾巴。

我是个懒人，自己都很少照相，我经常担心，要是我哪天牺牲了，恐怕连张像样的遗照都没有，更不要说米辣辣的了。它为数不多的照片，所有的表情都是笑眯眯的（狗真的会笑），一副对生活、对现状心满意足的样子。

我从小爱读《水浒传》，最喜朋友相聚，无论谈天说地，还是大吃大喝，都非常惬意。那时候我还是单身，晚餐基本上都是在外，呼朋唤友，杯盘狼藉，好不快意。

但是米辣辣回归之后，我再也不会任性地玩到半夜，嗨到天亮。

平时我自是一切如常，诡异的是每到一个时间节点，无论是在打麻将、吃火锅还是在逛街，我都会忽然面色一沉，站起身来，朋友的挽留也好，威胁也好，责骂也好，总之坚决要走。义无反顾，说走就走，果然很有我喜爱的梁山好汉的风范啊。

我的这个诡异行为，被一个文青朋友称为“突然阴暗的面容”，倒也算是贴切。

“突然阴暗的面容”背后，是因为我的米米在家等我啊，我担心它会孤独，更怕它饿。虽然我的朋友劝说我：“放心，以它的肥肉，辟谷一个月都没问题。”

某次和朋友吃完晚饭，朋友约我继续逛街。我忧心忡忡地说：“这么晚了，我要回家喂米米，它肯定好饿啊。”

朋友吃惊地睁大了眼睛：“啊，你出门前不是才喂了吗？它眨眼间就吃得干干净净，我还夸它好胃口呢。”

“唉，瞧我这记性。”

## 五、意外来临的小伙伴

米辣辣回归后不久，我家又意外来临了一个新的伙伴。

那天下午和朋友路过北新街的时候，我突然发现街道中央有团黑色的小东西滚来滚去。开始我以为是路人随意丢弃的纸团或者落叶被风吹来吹去，仔细一看，居然是个鸡蛋大小的毛茸茸的活物。更让我吃惊的是，它之所以滚来滚去，分明是正在惊恐万状地躲闪着来来往往的各种车辆，场面非常惊险。

在旁边酒店保安的帮助下，我终于捉住了它。

小家伙毛茸茸胖乎乎的，全身黑色，手脚又是雪白的，小小的眼珠子一直滴溜溜地在乱转，显得非常可爱。后来有人告诉我这是仓鼠，松鼠的表妹。

回家后把它放在地上，米辣辣还以为是我给它买的玩具，兴奋地扑了上去，用嘴拨弄着。小仓鼠不知是吓到了还是被米辣辣的臭嘴巴熏得煤气中毒了，躺在地上一动不动作装死状，好玩极了。

小仓鼠被我取名“耗耗”，耗耗从此在我家定居下来了。

我从来没有见过这么能吃的小家伙。

每天可以喝一可乐瓶盖的开水（只能喝开水哦），还要吃一个炒板栗，比它脑袋还要大块的火腿肠，另外还有一个如它脑袋般大小的苹果。

每天吃这么多，耗耗仍然只有鸡蛋大小，吃的东西不知道跑到哪儿去了。不过它抱着比它脑袋还大的火腿肠专心啃着，小黑眼珠滴溜溜转动的样子真的很可爱。

仓鼠笼子买回来的第一天，我小心翼翼地把耗耗放进去。它看见了最爱的风火轮果然很高兴，马上就笨拙地爬上去，很快就无师自通地玩转了风火轮，玩得是风生水起，虎虎生威啊，安静的房间，可以听见耗耗玩风火轮发出的“呼呼”声。

我看得呵呵直乐，米辣辣也看得出神，就在我们仨（一人一狗一鼠）开心不已的时候，悲剧发生了——耗耗在我的惊叫声中被甩出了风火轮！整整的三天内，耗耗惊魂未定，整天把自己埋在一大堆卫生纸里面，对新玩具敬而远之。

作为一个豪门梦破的宅男，在漫长寂寞的生活中，耗耗无疑成了米辣辣唯一的关注点。

米辣辣毫不掩饰对耗耗的好奇。每天早晨起床第一件事就是飞奔到耗耗的笼子前，把馒头脸凑过去，嘴巴贴上去，目不转睛地盯着耗耗看。间或，那条和它圆胖身子不相称的筷子似的尾巴还会微微摆动着，以之示好。

可惜耗耗不解风情，每天除了睡觉、吃饭就是狂蹬风火轮（唉，早晓得它那么爱蹬风火轮，干脆给它买个偏三轮算了，还可以去火车站揽客赚钱呢），对于渴望友情的米辣辣一直视若空气、不理不睬。

见自己的示好得不到回应，米辣辣蹲下身来，紧贴耗耗的笼子撒泡尿，然后慢吞吞地回到窝里，尽显猥琐男的本色。

一年之后，某天半夜，我起床上厕所，路过耗耗的笼子，忽然听到耗耗的“吱吱”叫声（平常耗耗很少发出声音的），只见它正站立在笼子的栏杆前，小小的爪子向我挥动着，冲我急切地“吱吱”叫着，因为困倦，我未加理会。

第二天一大早，我发现耗耗已经死了。

从资料查到，仓鼠的寿命也不过一年。

半夜冲我“吱吱”叫，那是耗耗在和我告别吧。

## 六、米辣辣对我翻肚皮了

我把耗耗埋在了小区的花坛里面。

耗耗实在太小了，我用一把勺子轻易地为它挖掘了一个大小适中的墓穴。

耗耗走后不久，我那伟大的事业也走到了尽头。

事业终结的同时，也让我对人性的复杂幽暗，有了更深刻的体察。

那段时间我心情低落，除了吃就是睡，还有就是逛街。

直到有一天，我出门扔垃圾。扔完垃圾之后，不经意地一回头，我大吃一惊！我看到，米米居然被我的邻居，一个胖小伙抱在怀里。

原来我出门扔垃圾，门没有关，米辣辣也跟着跑出来了。我的邻居正巧回家，见它模样可爱，忍不住俯身把它抱了起来。对他来说，这是再平常不过的一个动作，看到一只可爱小狗，抱起它，就跟看到一个美女多看两眼差不多。

但是我当时的心情，却可以用震惊来形容。

天知道对于米辣辣这只从小历经坎坷，乖戾暴躁，古怪又神经质的狗狗来说，这个简单的动作，或许意味着敌意的消融，冰霜的融化，温柔的接纳，自然的互动。这中间跨越了多少千山万水，经历了多少心路历程，简直具有划时代的意义啊！

只见米辣辣的身体虽然显得有些僵硬，目光依然有几分惊惶，但是，它没有疯狂挣扎，没有张口就咬，表情紧张又迷茫，别扭又羞怯，呆呆地望着小胖邻居。等小胖邻居把它放下时，它像受到了惊吓一样，逃命似的跑回了屋里。

这时，我才想起，就是最近，米辣辣改变了很多，不再是一个浑身长刺的小刺猬了，个性也不像原先那么孤僻乖戾。我看电视的时候，它会跳上沙发，挨着我慢慢地躺下，有时还故意在我身上走来走去。有一次我摸了一下它的圆脑壳，它居然顺势往地上一躺，露出温软的毛茸茸的肚皮，虽然肢体略显僵硬，表情也有几分腼腆，待我刚刚摸一把肚皮，又飞快逃遁。

有关狗的书上讲，狗狗袒露肚腹，是表示信任。因为肚腹是最容易被攻击的部位。

在海南岛曾历经磨难，半夜被人拎着筷子似的尾巴差点从楼上扔下的米辣辣，随着时间的流逝，爱的抚慰，过去的伤痛也好，阴影也罢，终于都成了过去，未来势必翻开新的篇章。

这一幕，让我感慨之余，也让我警醒：

一切都会过去的，哪怕是最不堪的过去。

没有过不去的坎坷，也没有无法痊愈的伤痕。

不管心境如何低落，前路如何茫然，未来的路，还是要走下去。

那么，这种行尸走肉的日子，是该做个了结了。

米辣辣都能改变，何况我呢？

环顾四周，我该做点儿什么呢？

七、《魔戒》公主一般美丽的老师

这个时候，我有了新的发现。

由于成都人闲适温和的秉性，成都喂养宠物的风气恐怕在全国也是最盛的。黄昏时候，府南河边，遛狗的人数之多，狗的种类之齐全，简直成了成都特有的风景。

本地的媒体上，猫猫狗狗也是常驻的主角，经常报道一些猫上树下不来，小区居民总动员联手消防队员救下猫咪，还有流浪狗生小狗，热心市民买包子的买包子，送牛奶的送牛奶，捐旧衣的捐旧衣，乃至后来母子如何被领养了，这类皆大欢喜的报道。原先只会出现在国外的，堵车堵了半条街，源头居然是一条小狗正在不紧不慢地过马路的情景，我在成都就亲眼见到过。

有次我在春熙路吃哈根达斯，透过玻璃门，看见有个女孩带了只胖胖的兔子在晒太阳。整整一个小时，那只胖兔子身边就没断过喜欢它，逗它玩的人，大人、小孩，男的、女的都有，那个女孩和胖兔子简直成了明星……胖兔子表情非常淡定，可能早就习惯了这种场面吧。

人与动物在这里能够如此和睦地相处，我的成都实在是一座温情的城市。我记得曾经有媒体把它形容为中国所有大城市里面最像法国巴黎的一座城市。我想除了和巴黎人所共有的热情浪漫和喜欢享受，成都的茶馆就像巴黎的咖啡馆一样多如牛毛以外，大概和它也是狗类的天堂有关吧。

至今，成都的狗族大军已有数百万了。而这数百万只狗族大军无疑就是商机了。

对了，你没有猜错，我决定学习宠物美容，学成之后开个宠物店。

我的宠物美容老师莱丽，不但是全国赫赫有名的业界高手，如今每年世界级的各类宠物大赛上，奖牌拿到手软，更是湖南卫视、东方卫视、天津卫视等各大卫视的表演嘉宾，她带着可爱的狗狗在各大卫视的精彩表演大受欢迎，令人叫绝。当然我去拜师学习的那个时候，她的事业尚处于起步阶段，只有位于浣花溪旁的一个小店。

我记得那个时候《魔戒》正在热映，不止一个人对我说过，莱丽长得好像《魔戒》里面那位高贵美丽的公主。的确，我的老师是一位异常漂亮的维吾尔族女子。她有着她那个民族的女子所特有的修长高挑的身材，姣美的面容，清晰的轮廓，美丽的眼睛，密长如扇的卷翘睫毛。

除了美丽，我的老师更有一颗充满着奇思妙想的心。从她的那只会唱歌的贵宾犬毛豆和会跳迪斯科、恰恰、伦巴、华尔兹的雪纳瑞喜来，你就可以看出来，出类拔萃的艺术才华，扎实深厚的宠物美容功底和大胆丰富的想象力，让她在宠物美容领域造诣之高，在国际上屡获金奖。

虽然如今她堪称国内宠物行业的“一姐”，在国际上也享有盛名，但是她是我所见过的最单纯，最善良的女性。

我记得有段时间，她非常喜欢隔壁甜品店的冰淇淋。冰淇淋二十元左右，对于一个收入正常的成年人来说完全可以接受。但是莱丽却吃得颇有压力。为啥？原来，她店里每天人来人往。学生、店员，加上狗主人，往往有十人以上，莱丽是绝不愿吃独食的，所以每次她冰淇淋瘾发都是见者有份。一个二十元左右的冰淇淋生生吃成了二百元以上，对于当时经营情况还不算很理想的她来说，确实小有压力，每每都要纠结一番。

对我来说，这简直不是个事儿，于是劝她说，你悄悄过去吃了就是啊，谁会说你不成？然而她坚决不肯。

如此小事，可见其秉性之敦厚，天性之纯朴。然秉性如此敦厚、天性如此纯朴之人，亦能取得令世人瞩目的成功，可见成功并非都是那些精明过人、工于心计、削尖脑壳之类人物的专利。

## 八、狗生巅峰

我开始了艰苦的学习。

宠物美容是个非常艰苦的行当，所有工作皆需站立完成，久而久之腰酸背痛。成天动物毛发纷飞，过敏性鼻炎成了职业病。不到一年的学习，我也不幸染上贵恙，每天早晨起床，喷嚏不断，眼泪鼻涕直流，场面相当感人。

加之狗辈不比人类，轻则不加配合，重则张牙舞爪出口伤人。看来这个行当不但首先是个体力活，危险指数还逼近消防队员，不比处于风口浪尖的医护人员小。

由此种种，我最终还是放弃了投身宠物行业的愿望。但是通过这次学习，我的米辣辣有了向世人展示的机会，并因此登上了狗生的巅峰，成就了今生一个又一个的传奇。

因为当时莱丽的宝仔室宠物美容店是成都本土动物新闻的发源地，所以在这里我结识了不少媒体记者。通过我声情并茂的描述，对于苦于长年只能报道猫上树、狗产子之类新闻的记者们来说，米辣辣可歌可泣的传奇故事，可谓是让他们眼前一亮，激情澎湃。

没有任何征兆，米辣辣顿时成了本地动物新闻界的当红炸子鸡。它的从海南到成都的传奇故事，配合那张虽然已年届中年，依然甜美稚嫩的馒头脸，频繁地出现在了成都市民的视线中。

电视、报纸、杂志上，我经常可以看见那张踌躇满志的馒头脸，笑容矜持，志得意满，透着一种狗生赢家所特有的自信满满。这么多年过去了，我至今还记得电视上的标题叫《传奇米辣》，报纸的叫《米辣，一只狗的传奇》，杂志的叫《从海南到成都，我的传奇生涯》，反正都不离“传奇”二字。其中一家报纸的标题最有意思，叫作《野百合也有春天，米辣辣也有今天》，真是言简意赅，文化人就是不一样啊。

狗要红，门板都挡不住，何况没有谁会傻到用门板去挡吧？

正在这个时候，电视台要举办本地首届狗模大赛，于是乎，来自海南的米辣辣也顺应时尚，走起了猫步。本来在彩排中，米姓狗模气质非凡，猫步走得有板有眼，不愧是坐过飞机见过大世面的狗，被大家纷纷看好。

据传闻，坊间甚至有好事者为米辣辣押下不菲的赌金，赌这次狗模大赛的冠军非它莫属。

正式大赛是在双楠的伊藤洋华堂门口举办的，当天比赛现场，可谓是人声鼎沸，观者如云。终于等到米辣辣出场，只见它穿着为它精心设计、量身定做的蕾丝花边晚装，骄傲地扬着馒头脸，小屁屁一扭一扭的，走到台中央，一亮相，便赢得了碰头彩。

万万没想到，米辣辣顿时被吓得屁滚尿流，浑身哆嗦，四肢发软，断不肯动弹。更可怕的是，由于紧张，它还当场拉出了一截粑粑，成了全世界在T型台上拉粑粑的男模NO.1，也算是载入史册了吧。

饶是如此，凭借在媒体当红炸子鸡的威望，还有无数“米粉”的喜爱，米辣辣照样位列当时的“蓉城十大狗模”。

## 九、丈母娘眼中的完美女婿

像很多一炮而红的明星人物一样，米辣辣在跻身“蓉城十大狗模”后，它的传奇故事连同甜美外表，引起了广告商的注意，向米辣辣递出了拍广告片的橄榄枝。

广告商是国内一家宠物用品公司，主营产品就是各式狗粮，所以米辣辣的片酬就是足够它吃半年的狗粮。在白吃白喝我这么多年后，这个赔钱货总算是赚到了狗生的第一桶金，能够自给自足了。

我永远不会忘记广告播出的感人画面，绿草茵茵的草坪上，开满了摇曳多姿的小花，一大群毛色各异、大大小小的狗从四面八方，欣喜若狂地扑向草坪中央的狗粮，然后狼吞虎咽。场面相当壮观，相当震撼，完全可以申请“百狗千狗同吃XX狗粮”的吉尼斯世界纪录了。

不要问我米辣辣在哪儿，因为我也不知道。当然如果你眼神足够犀利，跟米辣辣也比较熟悉的话，或许会在那么一大群“风吹草低见牛羊”般的狗中间，发现那一张不同凡响的馒头脸。

也就在这个时候，米辣辣得到了一生之中，绝无仅有的，一亲异性芳泽的机会。

前面提过，米辣辣是马尔济斯和西施的后代，整体看来，它或许更加偏重于马尔济斯，圆头圆眼，毛发雪白飘逸顺滑，步态端庄，气质沉稳儒雅，真真是个玉树临风的美男子。每当我牵着米辣辣散步的时候，总会收获无数女狗爱慕的目光，甚至大胆的会当场求爱，搔首弄姿。可是米辣辣一概目不斜视，低头匆匆疾行，倒像个道貌岸然的正人君子。或许，它的心里永远只装着梦露吧。

如今，米辣辣坐过飞机，上过报纸杂志，拍过广告，还登过T型台，算是本地狗界名流了，加之它当代柳下惠的良好口碑，完全没有年轻男狗的莽撞轻狂，招致了更多的爱慕者。话说人类的丈母娘对这种女婿是最没有抵抗力的，我每天都能接到不少想与米辣辣结亲的电话。

当然这些电话，都是女狗的主人代替他们的宠物打过来的，他们希望自己的爱宠能够和成功的优秀型男米辣辣喜结连理，从而延续米辣辣的优秀基因，生下一堆可爱漂亮的小狗。这其中，狗狗品种各异，五花八门，从吉娃娃到松狮，甚至还有一只斑点狗，让我觉得狗狗之间的爱情，比人类更荒唐。

其中，有一只纯种的马尔济斯妹妹，娇小漂亮，温顺可人，毛发雪白，外貌和米辣辣有几分相似，非常般配。主人非常喜欢米辣辣，还答应生下小狗后送我一只，我也动了心。

万万没有想到的是，精心打扮的马尔济斯妹妹和米辣辣相会的现场，完全没有郎情妾意或是干柴烈火。当时的米辣辣只能用四个字来形容，那就是：呆若木鸡。

这时的米辣辣虽然已届中年，但好歹还是有几分血气方刚吧。然而，面对正当年华的狗中美少女的脉脉含情和百般挑逗，米辣辣只是呆呆地看着，完全无动于衷。虽然幸福确实来得突然了些，但是它不至于被幸福砸成白痴了吧?

## 十、绝世好男人

后来，在我们的极力撮合和怂恿之下，估计米辣辣觉得实在推托不下，就懒洋洋地起身，双腿站立，两只手抱着美少女的脑壳，象征性地耸动几下，草草了事，然后打了个绵长的哈欠，重新找个角落慢慢躺下。没有这么糊弄人的吧？米辣辣的行为连我都看不下去了。

心高气傲的美少女何曾受过如此奇耻大辱，顿时羞愧得恨不能一头撞死，愤怒得尖声狂吠。它的主人只好抱着它不停地安慰，最后只能带着遗憾打道回府了。

其实我的遗憾真不比狗主人少。那段时间，我刚刚结束伟大的事业不久，正处于我有生以来最捉襟见肘的那段时间，吃碗肥肠粉要不要加个结子都要经过激烈的思想斗争。本来我已经看到狗主人亮出的厚厚红包，心中窃喜不已，早在心中将要添置的物件都规划好了。可惜米辣辣不解风情，终以处男之身打道回府，让我与那厚厚的红包最终失之交臂，怅然良久，恨不得将它抓来痛扁一顿，以泄胸中之愤懑。

想当初，对于曾经的女神，米辣辣是何等的痴心，何等的痴狂！正是这段还没有开始就黯然结束的感情，让米辣辣一生所有的爱情，如同指尖的香烟一样，燃成了灰烬。曾经沧海难为水，除却梦露不是云。纵有良宵美景，佳人蹁跹，与我何干？狂热的爱燃烧过后，米辣辣终于心如止水了。

没有想到，米辣辣是这样一颗痴情的花生米。

除了对待感情执着，米辣辣的生活也非常简单。

人为什么痛苦？佛告诉你，那是因为欲望太多，米辣辣才没那些奇奇怪怪的想法，乱七八糟的欲念呢。它虽然孑然一身，身处斗室，但是生活规律，自得其乐。每天的菜谱，不过都是多年来雷打不动的，切碎的鸡胸肉拌狗粮或者切碎的瘦猪肉拌狗粮而已。每当我把它的狗碗放到地上，米辣辣都会眼睛倏地一亮，飞快地从窝中跃出，迫不及待地扑将上来。

单调无比的饭食，它吃得津津有味，啧啧有声，小小的筷子似的尾巴还不停地摆动，像是在感恩上天赐予如此丰盛的美味。最后连撒在地上的也舔得干干净净，碗更不用说，干净得都不用洗，这才心满意足打着饱嗝离去。如果你给老公或者男友一连吃上一周回锅肉看看，他不当场摔碗骂娘算是修养好的了。

到了晚间，更是米辣辣幸福的顶点。

当我端出一小碗牛奶，米胖子会一边开心地尖叫，一边弹跳跃起，中间甚至可以漂亮地来个托马斯旋转啥子的。也就是说，米辣辣那个时候可以一边开心尖叫一边呈螺旋状上升来表达它的快乐和喜悦。

我的朋友们听了米辣辣的故事，不胜唏嘘感慨。没有想到浮华世界，眼皮底下，居然还有如此追求真爱，坚持自我，安贫乐道的男人，不对，男狗。大家纷纷夸它是“绝世好男人”，来世它是个男人一定要嫁给它云云。一时间，米辣辣在我的朋友中间，名声大噪，炙手可热。女友们纷纷把它作为择偶的标准，倒也给自己平添了几分难度。

## 十一、悲伤的种子

很早之前，我看过一篇文章，叫作《悲伤的种子》，意思是当你把一只宠物领回家时，就在心里埋下了一颗悲伤的种子，最后当它年老离去的时候，那颗悲伤的种子就会在你的心中发芽。

初看倒也不以为意。直到有一天，我在莱丽的店里，遇到了一个女孩。

其实这个女孩是和我一起拜师学习宠物美容的，比我晚来几天，算是我的师妹吧。她本身是个小公务员，但是喜欢小动物，所以不顾家人反对，前来学习，希望学成之后开个宠物店。

她是最普通的那种女孩，在茫茫人海中完全泥牛入海的那一种。相貌普通，性情普通，智慧普通，能力普通，经历更普通。她毕业后就在现在的单位，混到现在连办公室都没变过。她谈的第一个男友就是她现在的老公，估计白头到老应该没什么问题，一来她老公和她是同一种类型的人，二来是因为他们现在越长越像，乍一看简直像兄妹一样。

这个女孩曾经养过一只猫，一只被她称为妹妹，视为妹妹的猫。后来那猫病死了，她写了一篇远远超出她文学才华的文章来祭奠它。我一直觉得那只英年早逝的猫应该是全世界最幸福的猫，很多情感不是以时间来衡量的，不管是对人还是对猫。虽说这已经是很多年前的事了。可是直至今天，只要你提到那只猫，不管何时何地，那女孩会顿时泪如雨下。当时她突如其来、毫无征兆的眼泪让我和在座的人都手足无措，不得其解。

后来，她的眼泪，让我震颤之余，终于明白了一个事实，那么单纯甚至那么简单的心也会有伤，也会受伤，而那种伤的源头就是爱。爱是世间最锋利的刀刃，它总是可以如此轻易地把我们的心粉碎。

我们只会为爱所伤。

我们悲伤，是因为我们爱过。

时至今日，我也很难表达出当时那个女孩的眼泪所带给我的震撼。就像那个遥远的时代，还被称作乔答摩·悉达多也就是后来的释迦牟尼，独坐菩提树下微闭双眼，一言不发整整三个夜晚三个白天。在这三个漫长的日夜里，这位尼泊尔的王子到底在想什么，可能只有他自己知道。

那是我生平第一次体会到，爱之刃的锋利，以及失去爱的恐惧吧。

还是在这段难得的学习生涯里，我邂逅了米辣辣的丈母娘，也就是若干年后，帮我掩埋米辣辣的那位朋友。论辈分的话，钟兰算是莱丽的师妹，她们当年一起师从台湾老师学习宠物美容，是成都最早的B级美容师。不过我认识她的时候，她已经不再从事这个行业了，因为她原本就是国企职工，学成后就回到单位继续上班。偶有空闲，她就来莱丽店里玩玩，狗顾客多的时候帮个忙什么的。

## 十二、米辣辣的丈母娘

钟兰皮肤黝黑，浓眉圆脸，身材粗壮，声若洪钟，有点儿像我们小时候看的春晚舞台上的女高音歌唱家。她当时有一只娇小可人的约克夏尼克，对米辣辣一见钟情，从此以米辣辣的丈母娘自居。虽然从头到尾，米辣辣和约克夏尼克从来没有半毛钱的干系。

米辣辣的丈母娘，不但是一个有趣的人，脾气还很火爆。

某次，钟兰坐公交车下班回家，正是下班高峰时期，公共汽车就像一个吃得太饱的胖子，远远看去都有点儿摇摇摆摆的了。一个骑自行车的人突然横穿马路，司机一个急刹，嘴里叼着的烟都掉了，还差点儿把裤子烧个洞，气急败坏地探出头对着那早就一溜烟儿骑车远去的人一阵破口大骂。我们成都的司机都是这样的，一般都是等人走远了再开始骂，免得真的遇上个不要命的浑人敢跟你白刀子进红刀子出，这样一来既发泄了愤怒又避免了安全隐患，可谓是明智之举

殊不知，那毫无防备的急刹让车厢里的同志们顿时东倒西歪。牛顿第一定律让钟兰抓住栏杆的手一松，脚一滑，身往前倾，一下子倒在了身边一个衣冠楚楚的戴眼镜男士的并不温暖的怀抱中。

如果是个美女投怀送抱的话，我想恐怕没有哪个男人会拒绝的，他甚至会希望横穿马路的人越多越好。可惜今天主动投怀送抱的不是美女，更何况那天钟兰刚从单位工地上忙了一整天，难免灰头土脸。那个衣冠楚楚的男人顿

觉嫌恶，不耐烦地用力一推，嘴里还脏字不断。

这对钟兰来说，是绝对不能忍受的。她三岁那年，父亲就因公去世了，是她母亲把她一手拉扯大的，为了不委屈钟兰姐妹，当时年仅二十九岁的母亲终生未嫁。

说时迟那时快，一记响亮的耳光扇在了那男人的小白脸上，眼镜都给他打飞了。

所谓快意恩仇，莫过于此吧。

养狗最大的好处除了养狗本身带来的乐趣外，就是可以交到许多像钟兰这样的朋友。因为有共同的情感关注点，所以这些看似八竿子打不到，遍及各个角落，分散于各个阶层的人之间，实则有着非常坚固的凝聚力。我人生的转折，甚至与此有关。

那段时间起，我把米辣辣的玉照连同它的故事发在了当时国内人气最旺的宠物论坛上，馒头脸米辣辣甜美稚嫩的微笑，连同它复杂的身世，传奇的经历引起了网友们极大的兴趣和爱怜，纷纷被这条“长相Q，身世奇”的白胖子花生米迷住了。如此说来，米辣辣算是狗中的第一代网红了，比后起之秀俊介猫叔要提早好几年。

米辣辣的粉丝自称“米粉”，在那些年里，各个大假期间，不断有全国各地的米粉坐飞机来成都瞻仰他们的偶像米辣辣，顺便再游览一下我大四川的文化古迹和秀美山川。

当时关于米辣辣的帖子，篇篇是精华帖。正是因为这些帖子，米辣辣的主人引起了成都本地一家媒体主编的注意，自然她也是米辣辣的粉丝之一。当时他们的杂志正在扩版，急需人才。于是乎，我也因此顺利进入媒体，摇身一变成为了媒体人士。追根溯源，这还真的要仰仗米辣辣呢。

## 十三、摇身一变时尚小编

我所在的媒体，是本地一家非常畅销的时尚杂志，因为成都在西部的大佬地位，所以它也算是西部地区比较畅销的杂志，每期发行量在10万册以上，后来被北京的一家时尚杂志收购，打包上市。

很多人对于职业都有一种偏见，比如觉得女医生一定温柔和蔼，设计师一定长发飘飘、风流倜傥，至于编辑，大凡跑不了“知性、干练、优雅”等关键词，时尚媒体的编辑，恐怕还要加上诸如“风花雪月、时尚派对”，估计大家是看多了《穿普拉达的女王》。

派对我们倒是参加过，因为所在杂志社每年都会弄个实际以拉拢、腐蚀广告客户为最终目的的所谓风尚大典，在五星级宾馆豪华丰盛的自助餐上，世人眼中半个文化人的我们仅有站在一旁点头哈腰迎来送往和流流哈喇子的份儿，是没有权利和客户们共餐的。个别有魄力有胆识的同事会趁人不注意时，以迅雷不及掩耳之势拈一小块蛋糕或者三文鱼吞下。

我这个所谓时尚媒体的小编辑就是一个活体的教材，虽然我们的杂志号称国内发行量第四，但是同事们大都灰头土脸泯然众人，和常人想象中的时尚人士加半个文化人相距甚远。

我当时供职的部门属于“医疗健康”，平时主要的工作就像大厨一样，随时令推出《冬季如何洗澡皮肤不瘙痒？》《今年春天不再困》《炎炎夏日话中暑》《秋燥来袭，以和为贵》之类的。

除此之外，我最重要的工作就是为各大广告商撰写软文，因为供职在医疗健康部门，所以基本上都是写一些《不要让妇科炎症毁了你的幸福》《人流，为什么受伤的总是我？》等耸人听闻的，顺便再整点儿《冬瓜汤治疗前列腺害苦了刘大爷》之类的。

我从一个曾经立志做“中国的普希金”的文青愤青，终于如愿以偿地开始了神圣的文字工作，心情自是非常激动，虽然我的工作基本上只是在和下三路较劲。

这个时期，我过上了朝九晚五的生活。米辣辣的生活也随之发生了改变。

每天上班前，梳洗完毕，我要喂了米辣辣才去上班。

这个时候，我发现了米辣辣的一个秘密。

在米辣辣吃饭的时候，如果用梳子梳理它的背部，它吃饭的速度会神奇地和梳理它的速度同步。梳得慢，它吃得慢，梳得快，它吃饭的速度也快。有一次我用梳子在它背上飞快地梳着，米辣辣一声怒吼，差点儿连碗都吞下，吓得我只好住手。真是一条古怪的狗啊。

我所在的杂志是周刊，周五下厂，周一出刊，所以每个周五我都是深夜甚至天亮才回家。等我拖着疲惫的步伐刚刚走到门口时，就听见里面一阵兴奋跳跃的脚步，还有急切的呜呜。一打开门，米辣辣就像一颗肉弹一样弹出，围着我开心地跳跃旋转，嘴里还咿咿呜呜的，仿佛在述说着漫长白天对我的思念。

那是一段平静快乐的日子，就像无数个我和米辣辣共同度过的日子一样。

## 十四、邂逅米花花

不久，米辣辣平静的生活被打破了，它甚至迎来了狗生第一个情感危机。我们之间的感情，也遭遇了第一次考验。

那天，朋友在一起讨论到哪儿吃饭，我提议去北门一家东北餐馆，所有的人坚决反对。平时，我也是个随大流的人，那天却不知为何如此固执，当然最后我赢了。

后来，我想，吸引我的并不是那家东北餐馆，事实上，那天虽然点了满桌的菜可是我一口都没有吃。冥冥中，分明是幼小的孤独的爆米花儿在牵扯着我，在呼唤着我。

一进门，我就被桌底下一只小狗吸引了。当时它正龟缩桌底啃着一个什么东西。“不晓得从哪儿钻出来的一只狗，怎么打都打不走。”伙计对我解释道。

“出去，滚出去！再不走，晚上把你炖来吃了。”店伙计边呵斥边用湿漉漉、脏兮兮的拖布去捅那团胖乎乎、毛茸茸的身体。小狗被拖布捅得在地上滚了几转，然后爬起来，灰溜溜地跑到了另一个角落，一副惊慌的样子。

我抱起了它，它眼神惊恐，发出了稚嫩的尖叫，脖子极力往后仰，四肢乱蹬，拼命挣扎着。过了一会儿，或许觉得我并没有恶意，它渐渐安静了下来，伸出了粉红的小舌头，可笑的是嘴边还沾着一颗饭粒，小小的尾巴也怯怯地摇了几下，仿佛在表示它的友好，又像在乞求我放它一马。它圆溜溜的眼睛呆呆地望着我，好像在努力唤起前世的记忆。

这是一只胖胖的小狗，大约只有三个月大。肚皮圆鼓鼓的，看来流浪之地是个餐馆至少还可以混个肚皮圆，这大概是它拼死不肯放弃这块风水宝地的原因吧。可惜它脏得没了眉眼，屁股上沾着一块屎饼，身子好像也在屎尿里打过滚一样，一股一股的臭味让我猝不及防，差点儿吐出来。

然而，久久地凝视着这条脏兮兮的小狗，一股温柔的涟漪在我的心中慢慢荡漾。我仿佛看到了若干年前，海南岛上，那个半夜被拎着筷子似的尾巴，差点儿被扔下楼的小狗，也是这样满脸惊慌。

我当机立断，带它回家。

它就是米花花。

米花花早年的经历如今已经成了一个谜。由于屎尿糊住了屁股，有点溃疡，不过很快就好了。遇到我时，它小小的门牙居然断掉了两颗，不晓得是被人打断的还是自己摔断的。总之，小小的米花花已经饱经了人世的苍凉。

不过从米花花天真活泼的个性来看，它的流浪生涯里绝对没有像米辣辣那么坎坷离奇的遭遇。作为一只颇有姿色的小狗，从它那鼓得快爆炸了的圆滚滚的肚皮来看，它甚至是很受优待的。至少很多男人喜欢在女人面前对一只活泼温顺、模样乖巧的小狗表示自己的爱心，反之亦然，特别是在苍蝇馆子这种饮食圣地。

## 十五、米辣辣的世界崩塌了

由于我当时住的是商务公寓，用的是电热水器，而电热水器得先烧半小时才能使用，这半小时的时间足以让裹满屎尿的米花花把我的家变成一个公共厕所。所以我决定把它带到我的朋友米辣辣的丈母娘家去洗澡。当我提出要带一只刚捡来的臭气熏天的狗去她家洗澡时，已经睡下了的钟兰毫不犹豫地同意了。

到她家时，一切早已准备就绪，她甚至为这个陌生的小臭狗拿出了昂贵的、自己的爱犬也是偶尔一用的貂油。

她嫌我碍手碍脚，所以洗狗是钟兰一个人完成的。她整整洗了四遍，从那黑乎乎的水判断，我觉得好像她洗的不是一只小狗而是在洗煤球。落汤鸡般的小东西双爪紧紧地抓着浴盆的边沿，一双圆溜溜的眸子好奇地东瞅瞅西望望，时而还伸出粉红色的小舌头欲舔朋友满是泡沫的手。那小小的尾巴就像是充足了电般，不停地摇着。

洗着洗着可能是太舒服太惬意了吧，小眼睛渐渐闭上，身子一软，它竟然倒在盆里呼呼睡着了。钟兰不得不一手托着它软软的胖胖的身子一边给它洗，一边咒骂狗的原主人把这么可爱的小狗都扔掉，简直不得好死。

这是一只多么开朗乐观容易满足的小狗啊。

出浴后的小东西焕然一新，一扫先前的委顿。原来是一只可爱的圆圆胖胖的小西施。刚放到地上，它就迫不及待地和钟兰家的小约克夏尼克疯了起来。“妈妈，为什么你捡的都是又脏又臭又病、脾气又怪的狗，姚阿姨捡的都是这么活泼的乖狗呢？”朋友的女儿愤愤不平地说，我在一旁自是乐得合不拢嘴。因为它爱吃爆米花，我就随口叫它“米花花”。

我和米花花就这样欢天喜地地回了家，虽然我们认识还不到四个小时，可是感情迅速升温。一路上，它不停地舔我亲我，小小的尾巴除了它打瞌睡那一小会儿，压根儿就没有停下来过，就像老式的挂钟一样摇摆个不停，表达着对于我们相遇的喜悦，和对未来生活的无限神往。

回家一开门，米辣辣冲了出来正准备行狗族大礼，可是一看见我怀里的不速之客，它立即就呆住了。由于有梦露的前车之鉴（我抱了朋友家的狗回家，我的梦露从此就不理我了），我赶紧放下了米花花。可是，已经晚了。

米辣辣那张被我精心修剪的馒头脸顿时拉得比油条还长。它没有当年梦露的愤怒吠叫伤心流泪，而是不声不响地转过身去，一步一步地向沙发后面走去，然后默默躺下。一路上我最担心的事情终于发生了。

米辣辣是个性格内向的狗，而且几乎内向到了自闭的地步。它曾经三年坚决拒绝出门，虽然它有一个稚嫩甜美卡通娃娃般的外表，可是事实上它当时已经八岁，相当于人的六十四岁了。真是驻颜有术保养有方啊！欢迎各位感兴趣的女士来和它探讨美容秘诀。对历尽沧桑的米辣辣来说，这绝对应该是个安享晚年的年龄了。

可是，米花花的来临令米辣辣的世界崩塌了。

## 十六、二米相斗

那个晚上，米辣辣再也不肯离开沙发后面半步，事实上，它流了整整一夜的眼泪。那一晚，我也几乎没睡，无数次走到米辣辣的面前恳请它回到自己的窝里，温柔地抚摩它胖胖的身体，轻轻地唤它的名字。可是它看都不看我一眼。

那个晚上，我们家，睡得最香甜的当然是少不更事无忧无虑的米花花，它甚至还打起了呼噜。

米花花到我们家已经有二十多天了吧，这二十天，除了吃饭（饭量大减）拉屎拉尿，米辣辣从来没有离开沙发背后半步。而它在沙发后面所做的事，除了冷冷地注视着米花花就是黯然神伤以泪洗面。

我不得不承认，米花花实在是太可爱了。我真的好舍不得把它送走。在我多年的养狗生涯中，我所有的狗都脾气古怪，而米花花让我享受到了真正的养狗乐趣。它活泼健壮，开朗乐观，就像一个顽皮的小男孩。我甚至发现它的屎尿都是拉在报纸上的，看来是它的原主人调教的。从不挑食给什么吃什么，要不是怕吃坏它的肚子，我简直乐意把一切我不想吃的都给它吃。它永远来者不拒兴致盎然，简直就是一个活的卡通潲水桶。

而且它非常黏人，任何时候我的脚边都有一团毛茸茸的东西以至于我已经好几次踩到它的小尾巴。连我半夜起来上厕所，它一听到我起身，马上睁开惺忪的睡眼跌跌撞撞地跟着我，在马桶边迷迷糊糊地趴下，小小的尾巴仍然有气无力地摇着。

米花花来的第二天，我正坐在沙发上看电视，只见米花花从远处飞奔过来，我还来不及反应，它已经“砰”的一声跳上我的腿，“砰”的一声给了我一个满是口水的热吻，宛如木星和彗星的相撞差点儿把我的鼻子撞歪。原来它远远向我飞奔过来就是为了向我献吻而助跑啊！多么可爱的米花花啊。

当然它很快就不需要助跑了，它可以轻松跃上我的茶几把胖乎乎的毛脸埋在我的茶杯里“咕噜咕噜”地喝我的茶。我的妹妹得知后当即表示再也不用我的杯子喝水了。晚上我躺在床上看书的时候，一不留神它会“砰”的一声跃上我的床。我还来不及呵斥，它就跳在我的身上“砰”地给我一个照例充满口水的热吻，然后仿佛害怕我会责备它上床又快速跳下床跑掉，就像一个顽皮的小男孩。我甚至可以看到米花花嘴角隐隐的笑意。关于狗狗的书上讲，狗狗向你献吻是在向你表示它的友好。

可是，为了不刺激米辣辣那一颗破碎的狗心，如此可爱的狗，我却不能表示一下我的爱。要知道，沙发后面有一双冷冷的狗眼睛，正阴郁地注视着我们。

有一次，在米辣辣终于熬不住出来喝水背对着我们时，我忍不住俯身亲了亲米花花的额头。可是米辣辣仿佛有某种感应一般，猛然一回头，这一幕正好被它看到，顿时气得水也不喝了，喉咙里低声地不干不净地咒骂着什么，气呼呼地又龟缩回沙发后面了。我吓得赶紧推开米花花，可是，晚了，梁子已经结下了，米辣辣整整两天没有正眼看过我。

## 十七、“息事宁狗”拉偏架

当年梦露因为铁梅的到来而破碎的狗心得到了我们全家人无微不至的呵护，可是明显米辣辣就没有这样的好运了。鉴于它这么多年来的表现，我们家已经把米辣辣定位为一只神经质的瓜狗，所以我的家人都觉得米辣辣的心碎根本就是一件可笑的事情。开始，我也是这样认为的，可是，随着时间的流逝，我渐渐笑不出来了。

我觉得米辣辣驻颜有术和它爱喝水有关系。它每天隔不了多久，就会摇摇摆摆地走到水碗前，把馒头脸埋进水碗里“咕嘟咕嘟”地喝上一阵子，就像享用的不是水而是青城山的老腊肉一样。当然，它也顺便洗了把狗脸。在米花花之前，尽管米辣辣乖僻古怪，可是仍然不失为一只生活有规律并且善于保养的狗。可是米花花到来后，米辣辣由于心情郁闷，整天躲在沙发后面以泪洗面，喝水量锐减，它的狗尿啊，如果用瓶子装上的话，简直可以冒充“鲜橙多”上超市去卖了。

像所有的小狗一样，米花花精力充沛，和自己的小尾巴都可以玩上半天，当然不会放过家里的同类——米辣辣了。其实，至今我仍然觉得米花花并没有错，它表现的只是一只小狗的友好和好奇而已，我不该那样打它。可是，我们家的情况复杂而特别……

米花花实在搞不懂米辣辣为什么可以整天龟缩在沙发背后而不和它玩耍，它是个天真并且头脑简单的小狗。于是它主动去邀请米辣辣玩耍，弓着身子，摇着尾巴，用胖胖的前肢去挠米辣辣，这是典型的小狗邀请玩耍表示友好的动作，精通狗语的我当然知道。

可是，这个狗类放之四海而皆准的信号不晓得米辣辣是不知道还是故意装作不知道，总之它趁机大发雷霆，张牙舞爪不说而且发出各种各样尖利怪异的惨叫，对米花花又抓又咬，一副咬牙切齿欲置之于死地的样子。

起初，米花花被米辣辣的疯样吓得呆住了，简直搞不懂怎么就捅了马蜂窝，虽然你马尔济斯是外国的狗可是你还是在中国出生长大的啊，不至于语言不通啊！趁米花花发呆之际，米辣辣甩开米花花，“咄咄咄”地迈着跳芭蕾舞般的小碎步（它被我修剪得头大身小像一棵莲花白）来到我面前，站起来（这是它这么多年来苦练的独门绝技之一，短胖的后腿可以站立达数分钟），仰起被我精心修剪的馒头脸，举起胖胖的爪子怯怯地挠我，嘴里还咿咿呜呜的，一边还把馒头脸转向目瞪口呆的米花花，一副哀哀无告的样子，表达着内心的凄楚委屈，控诉着米花花对它的暴行。

虽然我晓得这个老东西最不是东西，可是为了息事宁狗还是拉起了偏架。

“米花花！你干吗又惹米辣辣！想挨打是不是！”为了安慰米辣辣那颗即将破碎的狗心，我故作严厉地呵斥着米花花，并且随手把报纸卷成棍状，开始追杀莫名其妙的米花花，虽然打得并不重可是架势还是很大的，吓得米花花屁滚尿流，边跑喉咙里又气恼又委屈地咕噜着。只有在这个时候，米辣辣的馒头脸上才会出现一丝阴冷的笑意。

## 十八、狗尿大战

随着这种情况出现的频率越来越高，甚至我在睡梦中也经常被米辣辣的尖叫声惊醒，我晓得这又是米花花在“惹”米辣辣了。渐渐地我也不耐烦了，觉得米花花太不懂事了，人家不跟你玩就算了嘛，老去惹它干吗！

所以从此以后，只要听见米辣辣的尖叫声，我总是不假思索地追打呵斥米花花。这一幕几乎成了当时我安慰取悦米辣辣的一出在我家常演不衰的闹剧了。

我注意到每每这个时候，米辣辣的馒头脸总会露出兴奋的表情，眼珠子紧紧地看着米花花的狼狈相，小小的尾巴也微微摇动着，好像在为我呐喊加油。我总是在这个时候趁机邀它喝水吃饭，它也乖乖从命。

有时候，米花花大概实在气不过，在家里突然一阵乱窜疯跑，还边跑边气恼地咆哮着。我也不阻止它，可怜的米花花，就让它发泄一下吧。可是我也渐渐看出米花花的发泄都是针对米辣辣的。

米辣辣正在吃饭的时候，米花花一跃把米辣辣撞开，大摇大摆地埋头把米辣辣的饭吃得干干净净。更可恶的是在米辣辣好不容易走出沙发背后，摆开架势准备痛快淋漓出恭之际，米花花总是从远处飞奔而至，把自己当成一颗肉弹把米辣辣撞得四脚朝天，连同可怜的已经走到了门口的大便也给撞回去了，随后好几天也没有出来，害得我忧心忡忡，生怕米辣辣从此得了神经性便秘。

这个时候我也发现了米花花的运动天赋，在飞奔的过程中，它甚至可以从米辣辣的头顶飞速跃过，就像一架超低空飞行的轰炸机——简直就是狗中刘翔！

对于米花花的挑衅，米辣辣气得咬牙切齿。在和米花花的交锋中，阴谋家米辣辣实际上并没有捞到什么好处。

作为一只胖胖的宠物狗，米辣辣根本就是“闹得凶一根葱”，它的牙也好爪也好只是在空中乱咬乱抓一阵，就像一个虚张声势的泼妇，对于健壮灵巧的米花花来说根本就没有任何攻击力。

有一次我因事耽搁，回家都快晚上十二点了，一路上心急火燎的，生怕饿着它们了，特别是米花花它还是幼犬啊！殊不知一进门，我便看见地上乱七八糟地扔着我所有的零食袋子，胀得肚皮滚圆的米花花艰难地蠕动着前来迎接我。而沙发后，肚皮瘪瘪的米辣辣奄奄一息万分幽怨地趴着。看来在今天的零食大餐中，狐假虎威的米辣辣并没有分到一杯羹。同一屋檐下，有的狗饿死有的狗胀死，这是什么世道啊！

事实上，从米花花来的第一天起，我就发现它的窝几乎没有干过。我当然知道这是谁干的好事，可是为了不伤害那一颗早已破碎的狗心，也为了我家的狗矛盾不至于更加复杂，我并没有责备米辣辣，只是换上干净的垫子把尿湿的晒到窗外而已。那段时间，正好成都不断地在下雨，最多的时候，窗外就晒了四个米花花的窝。即使这样，我也表示着某种程度上的理解，并没有追究这件事，希望有一天米辣辣能见好就收。

## 十九、我为米花花找到了新家

过了不久，米辣辣的窝里也有了新鲜的尿迹。这下我沉不住气了，抓过米花花就打，打得米花花嗷嗷地嚎叫。米辣辣做这种事是为了维护自己的领地，勉强还算情有可原情非得已，可是你学坏容易学好难，跟着瞎掺和什么？！

打过之后依然如故，反正我只要发现米辣辣的窝里有尿迹就抓过米花花打。可惜这个时候我没有注意到米辣辣的眼神。

我终于被狗们的狗尿大战弄得火冒三丈了："好歹也是两个男人，不要你在我窝里尿一泡我在你窝里尿一泡我烦透了！干脆打一架！打伤的我负责医打死的我负责埋！"对于我的愤怒，两狗面面相觑噤若寒蝉，可是狗尿大战依然如故。

直到有一天，我发现米辣辣悄悄从沙发后面出来，鬼鬼祟祟地走到自己的窝边，看我在睡觉，就拉开架势，在自己的狗窝里撒了一泡狗尿！尿毕，又迈着不慌不忙的碎步奔向米花花的窝准备撒第二泡尿。它撒尿的时候，我甚至可以看到馒头脸上的冷笑。

老东西实在太阴险了。我简直不敢相信自己的眼睛。我觉得米辣辣的前世应该是孔明帐下的幕僚，不然怎么会对栽赃嫁祸它狗的阴险伎俩如此娴熟地运用！

我希望二米义结金兰的美好愿望算是彻底破灭了。

米花花还小，它应该有更好的生活。和我在一起，我能给它的只能是衣食无忧混个肚皮滚圆。可是这些是远远不够的。它还应该拥有蓝天白云青草地包括亲密的伙伴，而不是整天跟它作对的米辣辣。

终于我把领养米花花的帖子发到了网上。果然不出我所料，图片上稚嫩微笑的米花花吸引了不少人的关注。一时间，我接到了不少电话。

经过仔细甄选之后，我终于为米花花找到了新家。它的新主人是一对喜欢运动、生活有规律的年轻人。那女孩第一次跟我通话就说过，“我决定在三十岁的时候要小孩，那个时候我就把米花花放到我的父母家，他们已经同意了。我的父母是教师，家在一楼，门前就是山……”

可爱的米花花就这样离开我，开始了新的生活。我每天都和它的新主人通话。它的新家有一个活泼乖巧的八个月的小狗，小哥俩一见如故，每天在家里疯跑，玩得非常开心。每天傍晚还要一起散步，和小区的狗们也打得火热。那只阴险的老狗包括把它从苍蝇馆子拯救出来的我对小小的米花花来说，无疑已经是前尘往事，忘得干干净净了吧。

阴谋家米辣辣对重新恢复的独生子女的身份感到很满意。它很快就回到了正常的生活中，郁闷的鲜橙多尿在米花花走的当天就神奇地变成了欢快的矿泉水尿。

## 二十、米花花感冒了

在相处二十日左右吧，最后我还是送走了我心爱的米花花，那感觉真的好复杂。爱，并不是占有，而是希望他（它）过得更好。养狗让我悟出了这么个伟大的道理。谁说我们爱狗的人都是玩物丧志？

如果不是后来发生的一切，我会感到对我的选择。是的，无可否认的是，我的米花花在新家是非常快乐的。我是个懒惰的人，我所有的狗都是大门不出二门不迈仿佛深闺中的小姐，它们也逐渐习惯了这种宅男宅女的生活。

可是在它的新家，米花花却享受过的了早晚悠然散步的待遇，很快和小区的狗们打得火热弄得一身口水。

米花花的新家，有一只我所见到最可爱的博美，活泼温顺，小哥俩一见如故亲密无间，家里整天只闻“叮叮当当”的铃铛声，那是小哥俩在追逐嬉戏。在我的家里基本上喂的都是单调的狗粮，可是在新家，米花花吃到了五花八门的美味，卤鸭子拌兔丁薯片叶儿粑。米花花对于自己的新生活无疑是相当满意的。

最后一次去看它，米花花甚至对我爱理不理的，我一抱它就拼命挣扎，我手一松它就迫不及待地扑向了新主人，扎在她怀抱里又亲又舔小尾巴拼命地摇，好像在对她表白："看，我只爱你！"真是个没良心的小东西啊！

当初送出米辣辣，不要说看望，就是电话我也少打。这一次虽然我时时克制着自己不要经常去骚扰米花花，可是事实上我还是忍不住，除了三天两头去看它以外，几乎天天往米花花的新家打电话，"米花花在干什么？"这是我经久不变的开场白。或许，冥冥之中，相较于当初对于米辣辣处境的安然，对于米花花的命运，我早有所预感吧。

每次得知它在睡觉在吃西瓜在散步在和小博美疯，我就很开心。我坐车的时候，经常路过米花花的小区，尽管明知白天它不会出现，我还是目不转睛地看着窗外，也许会意外地发现它小小的身影吧，心里随即荡漾着酸酸甜甜的暖意。

直到一天，米花花的主人打来电话，告诉我它感冒了，症状是"打喷嚏咳嗽"，我的心顿时一沉，因为我知道她至今还没有给米花花打疫苗，尽管当初千叮咛万嘱咐她也一口答应了的，后来无论见面还是通话又提过数次，可是终究还是没有打（为什么不给米花花打疫苗我至今不明白，要知道已经过去一个多月的时间了）。

我养了多年的狗，对其中的利害关系焉能不知？我甚至想对她说，如果你没有空的话干脆我带米花花去打疫苗好了。可是张了张嘴始终没有说出口。虽然我很爱米花花可是毕竟米花花已经是别人的狗了，过分干涉别人家的狗事也不太好，也许人家自有安排吧。就这样我怀着矛盾的侥幸的心理也就没有坚持。没有想到我的妥协最终害死了米花花，也给自己造成了巨大的伤害。

我赶紧翻出狗相关的书，把有关犬瘟热的症状逐一念给她听，除了“打喷嚏咳嗽”之外，她都一一否定了，并且说米花花的饮食精神都一切正常。“肯定是感冒。”她说道。

## 二十一、噩梦

一想到这几天，气温异常天气爆热，连我自己也在“打喷嚏咳嗽”，我的心稍稍安定了一些，约定等她下了班我就去看米花花。

当时我的电脑显示屏出了问题，随即抱起显示屏去电脑城维修。可是我终究还是记挂着米花花，在路上又拨了钟兰的电话，她有丰富的养狗经验。“会不会是犬瘟啊？”她脱口而出。

我的心猛地一沉。“不会的，肯定是感冒。”我拼命说服着她。可是下车的时候，好不容易把突然变得千钧重的显示屏搬下车，我这才发现自己浑身软软的，一点儿力气没有了，百米之遥的维修部可望而不可即，只好打了个电话，麻烦维修部的人出来接我一下。

那是一个很平常的夏日，可是却成了我一生挥之不去的噩梦。

晚上，在那家简陋的宠物医院里，我面色苍白一言不发死死地盯着试纸，就像一个等待被宣判死刑的犯人。终于，医生看了看试纸说："犬瘟热。"又看了米花花，摇了摇头，“没打过疫苗的幼犬，没有什么治疗价值。”

当时米花花站在铺着报纸的治疗台上，照例歪着头，仰起胖乎乎的毛脸，好奇地打量着医生，唇边照例是那抹稚嫩顽皮的微笑。

我的头脑一片空白，我的世界一片黑暗。

坐在医院门口的台阶上，我痛哭不已。成年后我的眼泪屈指可数，少女时代暗恋邻家的少年整整七年，当所有的幻想所有的相思最后终于落空的时候，也不过是在夜深人静的时候，在枕边洒上一行清泪而已。毕业后就离开家乡，独自异乡谋生，洒脱坚韧恐怕远在人上。可是那个夏日的夜晚，坐在平福巷宠物医院门口的台阶上，我就这样痛哭不已。

有两个男孩迎面走来，惊讶地问："姐姐，你怎么哭了？"

回到家里，我把所有与狗相关的书找出来，把有关于"犬瘟热"的章节细细研究了个遍。

看完书的结果是，我整整哭了一夜。

我应该是个幸运的人吧，当时所有的长辈健在，多年前我养的第一只狗姚梦露虽然骄横刁蛮无比，至今仍是我外婆父母膝下的心肝宝贝，它的各种搔首弄姿的玉照占据了我父母家的客厅和卧室的墙面。

生离死别对于我来说还是第一次。那种从来没有过的悲伤绝望和恐惧让我在黑夜里痛得不能自已。各位有过痛哭经验的人都知道，如果躺在床上哭泣的话，很快鼻子会被眼泪鼻涕堵住，不能呼吸。所以我索性坐起来痛哭，因为已是深夜了，所以也不敢哭得太大声了。

这时候，发生了一桩奇事。

我的悲伤深深地震撼了米辣辣。是啊，八年来（当时它已经八岁了，相当于人类年纪的七十二岁，进入了老年期了），它从来不曾见过我这副模样。

实际上，我痛哭不已的那个晚上，米辣辣也没有睡觉。它一直焦急地在屋子里“咄咄咄咄”地跑来跑去，时而踮足站在床沿，举起胖胖的爪子试图挠我，嘴里还“咿咿呜呜”好像打算安慰我。

## 二十二、米花花想念它的新家

突然之间，焦急之下的米辣辣迸发出一股惊人的力量，它居然一跃上了我的床！黑暗中，我满是泪水的脸顿时触到了一个毛乎乎的狗脸，和一条湿湿的温热的小舌头。要知道米辣辣并不是一只喜欢跟人亲近的狗，这几乎已经是它对我亲近的极限了。

上床对于别的狗也许并不是什么问题，可是对于米辣辣就不一样了。从小它就喜欢围着床跃跃欲试，可是无论矮胖子米辣辣怎么努力，哪怕自作聪明地退后几步助助跑也从来没有成功跃上床过。

可是在当晚，馒头脸米辣辣青年时代都无法完成的壮举居然在八岁高龄完成了。这个壮举对于有着跳芭蕾舞般的小脚脚，短胖的腿腿，挂面般的短胖身子，整个像一棵莲花白的馒头脸米辣辣来说，难度是可想而知的。这真是

"爱情的力量"啊！

我之所以如此悲伤，是因为后来的结局我当时就已经清清楚楚地预料到了。

但是我仍然没有放弃，我祈祷也许会出现奇迹。是的，也只能祈祷出现奇迹了。

随后的十四天，是我永远无法忘怀的十四天，也是我在地狱里煎熬的十四天。

由于犬瘟热可怕的传染性，这样我只能把米花花放在医院里。每天起床后喂了米辣辣我就直奔医院，一直到喂了米花花晚饭和最后一次药（后来则是散完了最后一次步），我才恋恋不舍地把它放在窝里，给它关上门离去（米花花有一个单独的病房）。回家常常已经是夜里十点以后了。

回到家也是牵肠挂肚的，那段时间晚上老是下暴雨，又怕吓着米花花又怕风吹着它了（感冒对犬瘟热来说是非常危险的），那干脆叫值班的医生把米花花搬到他的房间来吧，转念一想，又怕风扇把米花花吹着了。

一会儿又担心蚊子，蚊香本来就对上呼吸道感染的米花花不利，后来总算想出了办法，买了驱蚊的晚香玉放在米花花的房间。好几次半夜三更厚着脸皮把值班医生叫醒，只是叫他去隔壁房间看看我的米花花。

米辣辣的丈母娘钟兰告诉我，心情好对治疗犬瘟热的作用很大，所以一定要设法让米花花开心起来。是啊，当初把米花花从新家带出来的时候，也是钟兰陪我去的。她去接米花花，我就呆呆坐在小区门口的台阶上等他们。那天，一向温顺的米花花奋力反抗还把她咬了一口，它是多么不愿离开那个安乐窝，离开它的好朋友——那可爱的小博美啊。

如今在医院里，每天被摁住打针灌药输液不说，所见所闻的都是同类的尖叫惨相，连我也是整日愁眉苦脸的。况且，在我家的时候，由于米辣辣，我对它很严厉。到了新家之后米花花对我更是明显疏远了。

它整日怀念在新家的快乐生活，曾经亲它爱它的女主人，还有它的那个小伙伴。它经常痴痴地趴在医院的门口，默默地望着远方，眼神十分忧郁。狗狗的心总是单纯的，它哪里知道人世间的炎凉。

## 二十三、立竿见影的快乐疗法

其实，要使米花花这样的小狗开心，也很简单，就是让它吃好玩好。吃，现在这种状况下不能随便乱吃东西，再说它的胃口也大不如从前了。米花花平素最喜欢散步了，我就带它散步吧。还有从此要收拾起我的悲伤，面对我的米花花亲切地低语，温暖地笑。抚摩它，和它讲话。

讲话的内容不过是“宝贝，我们都要坚强，”“米花花，我永远爱你，永远不会放弃你”“从前有个小狗那么可怜在餐馆里捡东西吃，你猜是哪个？猜不到吧那就是你。”我讲这话的时候，米花花总是歪着头仰起脸一副认真倾听的样子。

快乐疗法可以说是收到了立竿见影的奇效。第二天，我刚走到医院门口，就有个小东西摇头摆尾亲热地迎了上来。而这在以前是根本不可能的。连医生都说：“你带米花花出去玩了，它马上就喜欢你了，一听见你的声音马上就出来接你了。”啊，好现实的米花花啊。

从此医院所在的那条街上，就出现了一大一小的两个身影，走走停停，停停走走。我和我病弱的宝贝就这样高频率地出现在这条街上，特别是我，给人的印象应该是游手好闲无所事事，整日很没品位地牵一只毛发凌乱瘦弱不堪的脏兮兮的小烂狗在这条街上百无聊赖翻来覆去地闲逛（病中的米花花早就和照片上那稚嫩甜美的模样判若两狗了）。

小狗总是好奇的，哪怕是在病中。比如说小孩子的哭声，脸盆摔到地上的声音，旁边的人打个喷嚏咳嗽一下，餐馆炒菜菜进油锅“嗤”的一声，总会使米花花驻足，仰起毛脸很有耐心地观望一阵子，就像一个爱看热闹的人，最后实在没有什么稀奇可以看的了，才不慌不忙地离开。

如果是以前的话，这么无聊的事情我肯定会拖起它就走的。可是现在我从来不催促它，任由我的米花花尽兴为止。有时它走累了趴在地上，我就在一旁默默地站着或是也找个地方坐下来，等它自己愿意起身的时候再继续走。这段时间米花花应该也是很开心的，经常走着走着就回过头望我一眼，小小的尾巴微微地冲我摆动着，好像是在说：“谢谢你，我很开心。”

在见到其他狗的时候我会抱起它，米花花是个开朗外向的狗狗，看见同类总是想上前玩耍嬉戏一番。可是犬瘟热是很容易传染的，自然不能让它接触别的狗。“米花花，你现在在生病啊，等你好了再找它们玩吧。”我柔声安慰道。

米花花虽然很失望，但还是乖乖地停止了挣扎。这个时候，我发现，对于博美狗，米花花总是特别激动，怎么劝说抚慰也没有用，在我怀里拼命挣扎，嘴里还焦急地“咿咿呜呜”的，直到那狗远远离去了，还一直怔怔地望着，那黯然神伤的样子让我也不由得为它难过。我知道，米花花一定是想起了它和亲爱的伙伴的那一段短暂而快乐的日子。

那段时间，我晚上睡不着，于是买了一张草席，从家里拿了个枕头，铺在米花花的病房里。散步回来，我们就躺在草席上，我抱着米花花和它说话，轻轻地抚摩着它越发瘦小的身体，渐渐地说着说着，米花花的脑袋偎在我的手臂上慢慢地闭上眼睛睡着了，还打起了呼噜。

## 二十四、米花花最后的日子

米花花对于这种新生活无疑是非常满意的。最后的日子里，它对我的依恋与日俱增，我上厕所，它也会摇摇摆摆地跟在后面，然后蹲在门口。

有一次我去医院附近买包子，刚过了马路的时候，觉得脚下有什么东西，低头一看，天哪，我的米花花不知什么时候也跟来了，正仰起毛脸冲我微微地摇着尾巴，得意地和我打着招呼呢！甚至在每晚我离开的时候，它都会发出一声声凄厉的尖叫，那声音充满了不舍与焦急，仿佛在说“你要离开我了吗？”我总是停下来返回，对它说，“宝贝，放心吧，妈妈永远不会离开你，我明天就来看你。”那是一段如今想起来既酸楚又温馨的日子。我真的好希望时间能够永远停留下来。

平日我是个注重生活品质的人，可是那段时间我的主食主要是医院附近的包子。还有就是吃了一次稀饭一次米线两次炒饭，这就是我在这十四天内所有的食谱。往日绝对是不会发生的。我这辈子从来没有吃过这么多的包子，而且是品种单调的包子。一来只图方便，二来那个时候即使是吃山珍海味也毫无味道。事实上那时候我也推托了数次可以大吃一顿的机会。只是这辈子我再也不会吃包子了，并不是吃腻了，是因为会想起和米花花的那段伤心往事。当然，这是后话了。

事实上，米花花的炎症从来没有被控制住，大便也从来没有正常过。甚至，从第六天开始，体温就一直起伏不定了，连安宫牛黄丸都无法控制住。这些意味着什么，我岂能不知晓？

那段时间，不管是吃饭也好，走路也好，坐车也好，看电视也好，我经常怔怔的，泪水就涌了出来。人最痛苦的时候想干什么，你可能猜不到：想吃。在这地狱般的十四天，每当我痛得难以自制的时候，就去隔壁买个包子，拿在手里边走边吃，脸上不断地流淌着泪水。

有一个晚上，我刚回家就接到了大学同学打来的电话，原来今天我们同学聚会，叫我也赶去城南的某酒吧。这个依然清秀斯文的男生是我青梅竹马的伙伴，也是我从小学开始至大学的同学。在我的同学中，他素以温和忠厚著称。从幼年时起我们就是手拉手的伙伴，在多愁善感的少年时代，又是可以倾吐心事的好朋友。在这光怪陆离的世界上，这样纯洁真挚的友情已是弥足珍贵了。

我当然不可能去了，作为工科学校中凤毛麟角的女生，活泼可爱的女生，我在同学中的人气一直是极高的，所以他们起着哄不肯答应，嚷着马上开车来接我。本来对于非养狗人士我是从来不愿提关于狗的话题的，这个时候更不希望听到像“不过是条狗嘛有啥子不得了嘛？”这样的安慰。可是在这种情况下，我只好告诉了他米花花的事情。沉默半晌，他说了句“理解”（他非养狗人士），然后告诉我，“在你最痛苦的时候一定不要忘了我”。

我忍不住又落泪了。

## 二十五、伤离别

奇迹最终并没有出现，我的米花花一天天在衰竭。

第十二天我们散步的时候，米花花已是摇摇晃晃跌跌撞撞的了，可是它依然跟我跟得很紧。我把我的宝贝抱在了怀里，眼泪止不住地滴在了它的身上，因为我心里很清楚这已是我们最后一次的散步了。回到医院把它放到地上的时候，只听“咚”的一声，让我的心又一次堕入了冰窟里，我的米花花连站起来的力气都没有了。

第十三天，米花花的眼睛都睁不开了，细细的脖子有气无力地耷拉着，喂进去的米糊（我用亨氏米粉牛奶蜂蜜氨基酸善存鸡蛋黄给它调制的营养米糊）又徐徐流了出来，小小的身体烫得吓人。更可怕的是，它的肺已经烂了，呼吸艰难使它的腹部就像拉风箱似的一鼓一鼓地作响。

那天晚上，为点儿不大的事我和别人大吵一架，说是吵架实际上并不准确，因为对方可能被我的疯狂镇住了基本上没敢接我的招，只剩下我像个歇斯底里的泼妇一样在孤独的夜空里涕泗横流地破口大骂。

第十四天，我永生难忘的日子终于到了。

下午四点的时候，医生从我手中接过了米花花，一息尚存但已经呼吸困难的米花花，从早上来我就一直紧紧地搂在怀里的米花花，依然温暖的米花花，一直吃力地睁着眼睛留恋地望着我的米花花。尽管我当时已经伤心得不成样子了，可还是顺从地没有抵抗。朋友在我耳边说：“人走的时候不能听到哭声，狗也一样，你要忍住啊！”于是我的哭声戛然而止，可是我却无法忍住撕心裂肺肝肠寸断的悲伤。

米花花的死是我第一次直面生离死别。但我从来不后悔我们的相遇。如果时光可以倒流的话，在城北的那家东北餐馆里，我依然会毫不犹豫地舍弃一顿美食，把我的双手伸向桌底那肮脏的小流浪儿，把它紧紧地抱在怀里，然后带它回家。

无论时光如何流逝，岁月如何变迁，哪怕我已经红颜不再成了白发老妖女，我也不会忘记我的生命中曾经有过的可爱的米花花，那个会飞快跃上我的膝头只为给我一个充满口水的热吻的米花花，那个唇边永远有一抹稚嫩顽皮微笑的米花花。生命不是以时间的长短来衡量的，无论对一个人还是对一条狗。有爱的生命才有意义，宝贝，只要我们曾经爱过。

最后，被包裹得方方正正的米花花小小的尸体，连同它最爱吃的爆米花儿，最爱喝的牛奶，一同埋在了成都东郊一棵葱茏的大树下。帮助我埋葬米花花的就是米辣辣的丈母娘钟兰。从此，她当仁不让地成了我的御用殡葬师，除了米花花，先后还为我埋过一只猫、一只荷兰猪、两只鸟还有她的爱婿米辣辣。

我常想，来年的春天，米花花小小的墓穴旁边，那颗葱茏大树会不会开满一朵朵微笑的米花花？

## 二十六、疗伤

前面几个章节，各位很少见到米辣辣。事实上，在那段不堪回首的日子里，我早出晚归，一心要救米花花，忽略了馒头脸老男生米辣辣的存在。

那段时间，我请了半个月的假，这已经是我能够请假的极限了。每天早晨我喂了米辣辣就匆匆出门，直到晚上十点左右才能到家。因为犬瘟热可怕的传染性，我离开医院时候得进行非常严格的消毒，用消毒药水把全身上下喷了个遍，衣服都湿透了，幸好是夏天。

即便如此，回到家里，面对米辣辣的“欢迎、欢迎、热烈欢迎”，我也要理智回避，先进浴室，比往常更细心更严格的沐浴更衣之后，才能和米辣辣打招呼，伺候它用膳。

福尔摩斯说过，一个不快乐的主人不可能有一条快乐的狗。那段时间，米辣辣虽然不知道具体发生了什么事，但是它明显可以察觉到我的异常。米辣辣的情绪也明显受到了影响，变得怏怏不乐，无精打采，连狗族最看重的主人回家见面大礼，也变得有几分敷衍。

我想如果它是一个人的话，恐怕早就开口质问了：“这些天你究竟到哪儿去了？是不是外面有狗了？”

米花花走的那天，我黯然地回到家里。

米辣辣仿佛有所预感一般，在迎接我的时候，显得异常的兴奋殷勤，十分卖力，胖胖的小脚脚甚至飞快旋转着，无师自通地跳起了轻快的华尔兹，像个没心没肺玩世不恭的老无赖。

米花花走后的第二天，从迷迷糊糊的睡梦中，我是被活活痛醒的。睁开眼睛的第一个念头就是，这个世界上，从此再也没有我的米花花了。

神奇的是，后来米辣辣走后的第二天，迷迷糊糊的睡眠中，我也是被活活痛醒的。睁开眼睛的第一个念头就是，这个世界上，从此再也没有我的米辣辣了。当然，这是后话了。

也许，人类的悲欢并不相通，但人世间痛苦的滋味，都是一样的吧。心真的会痛，心如刀绞，痛不欲生连同心碎这些词句，觉得是很有痛苦经验的人发明出来的吧。

那段时间，这个空寂的屋子仿佛成了我的伤心地，我再也不愿待了。那几天，起床梳洗完毕我就去钟兰家，去她家也不说话，就窝在她的沙发上，或者干脆躺在她的床上，呆呆的蔫蔫的，脑子里一会儿是米花花健康时活泼可爱的模样，一会儿又是它临走时候的惨状，想着想着，眼泪就涌出来了。

说到疗伤，某次我失恋了，赵楠楠来我家找我玩耍，聊天中扯到他们那儿的皮蛋如何好吃，如何性价比超高。我托她替我买二十个。过两天赵楠楠给我送皮蛋了，我给钱，这回她死活不收，还很感人地说："你现在失恋了，这些皮蛋就当它们给你疗伤吧。"

那段在钟兰家里疗伤的日子，持续了两天。这两天，我像个跟屁虫一样，她去哪儿我就去哪儿。她回娘家，我也跟着回去，她打麻将我就坐在旁边看，我甚至还陪她出了一个当天打来回的短途差。

时间总有最神奇的力量，不过短短几天，我已经不再那么悲伤，以泪洗面，日夜哭泣，那种锥心的伤痛终于渐行渐远了。

我又回到了过去的生活，和米辣辣所特有的那种平淡却温馨的相守。

## 二十七、关于人心

当初米花花病重的时候，我其实给它的主人打过电话。在电话里，我告诉她米花花非常想念他们，希望有时间能来看看米花花。电话里她答应得还算干脆，但是直到米花花离开这个世界，夫妇俩都没有出现。其实，米花花住院的那个医院离他们的家只有两站路，离男方上班的单位更近，就在同一条小街上，相隔不过三百米。

后来，据我朋友分析，他们估计是怕我就米花花的医药费用跟他们扯皮吧。

我竟无语。

世界侦探小说女王阿加莎在她的小说中，无数次借助波罗侦探和马普尔小姐发出千古疑问：

人心，究竟是什么东西？

很多人觉得自己爱狗，以爱狗人士自居。事实上，他们对狗所谓的爱都是有条件的，纯种、健康、听话，缺一不可。就像一个男人对一个年轻美貌家世优越女人的爱慕，虽然这种爱慕也是真诚的，但是难免肤浅，经受不了考验。经常在宠物论坛上看到有人发帖，希望领养一只某某品种的狗（纯种），要漂亮温顺听话，年龄不要超过一岁，字里行间，充满了救世主般的慈悲和爱心。

呃，如果这样的话，我更愿意领养一个英俊帅气、多金浪漫，又爱我爱得发疯的旷世美男。

养狗毕竟和婚姻一样，要真正进行到底并非一件容易的事情。我并非因为自己养狗就把养狗事业故意说得危言耸听。事实上，他们年轻的时候，健康的时候的确会给人带来很多的快乐。但是它们会顽皮，会破坏东西，会生病，会衰老……这些，都需要你付出恒久的爱心及耐心。

更何况，一个普通人的一生，都难免经过恋爱结婚生子这三个阶段，每一个阶段对于你来说或许是一种崭新的开始，对于狗狗来说，却是一次命运转折的残酷考验，因为自己的另一半，放弃甚至抛弃狗的，不在少数。

我爱狗，却不希望人养狗，因为我对人性太了解了。不少朋友兴冲冲对我说，我要养只狗。我通常都只会泼冷水："算了吧，放过那条狗。"

相反，对于某些同学，我又会一直希望她（他）养狗。

我觉得，一个人能把狗狗猫猫养好，至少要具有如下特征：

做事有耐心恒心。这个从平时为人处世都可以看出来。不过，貌似我自己就是一个做事没有耐心恒心的人，我这辈子仿佛只有对养狗这一件事执着。第一条就不能自圆其说。

重情义。

关键时刻不会太介意钱。我指的是关键时候，你懂的。

要有独立的个性人格。恋爱结婚生子是很多人过不去的坎儿，因为新人的加入带来的压力，主人们不得不最终放弃了猫猫狗狗。从客观上来讲，能做出这种事来和他们人格缺乏真正的独立有很大的关系。

我有个女友，我就一直劝她养狗。

公务员。重感情。一旦下了决心十头牛都拉不回来的脾气，任何人休想改变她。心细。金钱上对自己节约，对别人大方那种。

她一旦养狗，肯定是个好主人。

## 二十八、从天而降的巨型狗

作为一个资深宅男，米辣辣养在深闺，足不出户。平时最喜欢的游戏就是丢狗咬胶。

每晚我看书看电视上网的时候，米辣辣都会把它的咬胶叼过来，“砰”的一声扔在我的脚下，然后踮着两只短短胖胖的小脚，伸出爪爪扒拉着我，冲我大声喊叫，眼神兴奋又充满挑逗，意思就是“快点儿和我玩玩吧！”

于是我把它的咬胶扔出去，米辣辣马上跟疯了一样飞快地扑上去，叼起就朝我跑来。我经常担心速度过快它的圆脑壳会不会碰在门上或墙面上，好在这种情况从来没有发生过。

只见米辣辣叼起咬胶，复又“砰”的一声扔在我的脚下，冲我大喊，我又扔，它又捡回，我再扔。周而复始，如此单调无聊的游戏，米辣辣玩得乐此不疲，兴致盎然，真是容易满足的一只狗啊！

反复数次后，我倒是先行厌倦了。任它站在我面前，胖爪爪扒拉拍打我，冲我大喊（有时候口水会趁机喷出），都不再理会，米辣辣最终失望地回窝睡去了。

后来我听到了一首叫作《蔷蔷》的歌，内容是S.H.E中像小男生的那个歌手纪念她那只去了天堂的叫蔷蔷的狗。蔷蔷是个愁眉苦脸的小八哥，最喜欢玩丢丢，后来因为手术中麻药过敏而去世。

还记得你喜欢咬着我的手
然后给我你嘴里的球
要我陪你玩丢丢
你喜欢我摸摸你的小耳朵
窝在我的身旁没有烦忧
在梦里遨游
好狗狗好狗狗
谢谢你陪妈咪这么久
……

原来，所有的狗狗都喜欢玩丢丢。

米辣辣离开我的日子里，我时常会想如果时光可以倒流，我愿意陪我的米辣辣玩个够。

米花花走了的那个夏天，我们部门组织去青城山度假，我带上了米辣辣。

那是米辣辣一生中，为数不多的一次短途旅游。我们部门的同事都非常喜欢米辣辣，一个同事一见米辣辣就哈哈大笑："哈哈哈，我一看就晓得你是个妹子狗"，当时米辣辣的头上扎了个鬏鬏儿，上面绑了个蝴蝶结，馒头脸稚嫩甜蜜，确实像个娇滴滴的小女狗。

短短的两天假期，我和米辣辣无疑都非常愉快，享受这难得的悠闲时光。白天我们爬山钓鱼，或者摘水蜜桃草莓，晚上散步纳凉，尽情享受着青城山特有的苍翠树木，鸟鸣山间，清澈溪流以及清新空气。好玩的是，看到我喂米辣辣狗粮，厨房的大婶好奇地问我："你是不是在给它吃饲料？"

不过在最后一晚，发生了有惊无险的一幕。

当时我牵着米辣辣散步，我的身后不知什么时候，神不知鬼不觉地钻出来了一只异常高大的狗，当我发现时，它已经站在了我的面前。

这条简直是从福尔摩斯《巴斯克维尔的猎犬》中穿越而来的巨型狗，看身型，肯定有藏獒的血统。

只见它挡在我们面前，面色沉郁，目光阴森，直勾勾地盯着米辣辣。米辣辣吓得动也不敢动，饶是我作为狗类专家，心里也直发怵。

我很快反应过来后，飞快地把米辣辣抱起紧紧地搂住。我知道这个时候不能逃跑，甚至不能和它目光对视。有关狗的书上讲，对于有攻击倾向的狗来说，不管是逃跑还是和它目光对视，都是挑衅的表现，无异于引爆火药库。

我抱着瑟瑟发抖的米辣辣，努力做出漫不经心，若无其事的样子。终于，那只巨型狗在我的脚边嗅了嗅之后，悻悻地转身离去，并没有造次。

## 二十九、米辣辣的养颜秘籍

有一天，打扫房间时，我在地上捡到了一颗小小的沾满了结石的牙齿。

毫无疑问，这是米辣辣的牙齿。

我这才倏然惊觉，米辣辣已经九岁了，作为一只狗来说，它已经步入了老年。

但是奇怪的是，时光仿佛在米辣辣身上停滞了一样，九岁的米辣辣看不出任何老态，除了牙齿掉了一颗，嘴里开始出现口气，每天早晨踮着胖脚，愉快地摇摆着筷子似的尾巴，用臭烘烘的嘴巴亲热地舔我亲我，刚刚睁开眼睛的我，都有煤气中毒的晕眩感。人家是吐气如兰，米辣辣是吐气如煤气。

九岁的米辣辣仍然笑容甜美，自信满满，毛发光洁，身姿灵活，特别是它的眼神，依然透露出年轻小狗才有的稚嫩清澈，完全就是狗中天山童姥。

很多爱美的女士都曾和我探讨米辣辣的养颜秘籍。说实话，我仔细想了又想，好像也没有特别的地方。早年在海南的时候，我拥有的养狗知识比较匮乏，米辣辣还吃过五花肉拌饭，空心菜拌饭，当地盛产狗类严格禁止食用的海鲜，米辣辣甚至都吃了不少，我还记得它一口一个基围虾的惬意呢。

回到成都后，从郭姨那儿开始，米辣辣的生活就变得非常有规律。每天两顿雷打不动的肉饭，最多就是肉从鸡胸肉变成猪瘦肉，临睡前再喝一小碗牛奶。对了，每天起床后，我空腹喝蜂蜜水的时候，也会给米辣辣倒一小碗。

日本有畅销书本书，叫作《水知道答案》，讲的是如果给一碗水放轻松优美的音乐，或者柔声细语，它的结晶就会显得十分优雅美丽。如果放恐怖的音乐或者厉声恶言时，它的结晶顿时会显得丑恶不堪。真的非常神奇啊！

狗的智商和感知能力，虽然没有办法和人类相提并论，但是比起一碗水来，还是会好很多吧。

所以，我觉得最重要的就是给它足够的爱。虽然我那时工作繁忙，但总会抽出空来和它说说话，摸摸它的圆脑壳，揉揉它的肚子，为它画画，拿给它看。我甚至为它写诗，念给它听。米辣辣总是一副很开心很满足的样子，在几乎所有的照片上，它的经典表情都是一副自信满满的样子，一看就是一条生活得非常愉快的狗。

米辣辣不但老来俏，个性也越来越好了，出门散步，看到我的邻居，会主动停下来，微微摇着筷子似的尾巴问好，像个老牌的绅士，一副很有礼貌的样子。

这个时候的米辣辣，开始慢慢彰显出了它的品味。它喜欢年轻漂亮，打扮花里胡哨的女人，看见薄有姿色的女人都会奋不顾身地用各种肉麻之姿献媚，希望能够有幸一亲芳泽。如果人家夸奖道："好可爱的狗啊"，老东西能开心得当场打滚儿。

但是对待姿色寡淡者米辣辣要么恶语相向要么大声咆哮，让我都略显尴尬；要么任凭大家百般示好，米辣辣都板着一张馒头脸做冷苦冰霜艳若桃李状。朋友们都夸不愧是我养的狗。

其中，米辣辣最喜欢的，就是它短暂“豪门生涯”的引路人赵楠楠。某日赵楠楠在我家借宿，睡在客房。半夜三更，米辣辣蹑手蹑脚溜进了客房，踮起小脚，把圆脑壳放在赵楠楠的枕畔，圆溜溜的眼珠子痴痴地看着赵楠楠。

赵楠楠半夜醒来，只见清冷的月光下，自己的枕边端端正正放着一颗毛茸茸的狗头，圆溜溜的眼珠子倏地一转，她的一声惨叫，吓得米辣辣飞快逃遁，一人一狗同时吓了一大跳。

## 三十、相依为命

原本以为隐退娱乐圈的米辣辣，这一生就这样平淡地度过。但是米辣辣不愧是米辣辣，它的一生注定充满传奇色彩。

在米辣辣十一岁那年，一件惊天动地的事情发生了。这个大事件，不但对于米辣辣和我影响深远，而且早已被载入了史册。

2008年5月12日14点28分04秒，四川省汶川地区发生八级特大地震。

成都，距离汶川不过138公里。

现在想来，“5·12”之前没有任何征兆。

略显诡异的是，事发当时，我正出现在一个平时绝对不会出现的地方——足球场，所以比起那些置身高楼的人来说，感觉并不强烈。后来听说，当时市区的高层建筑像蛇一样在空中扭动，很多写字楼的消防通道里，鞋子落了一地。

那天，我们杂志社正在郊外一家体育场举办运动会，几块足球场拼凑的场地非常广阔平坦，当时除了我们，还有另外一家单位也在开运动会。

用过中餐，稍事休息，大家又继续比赛。没有多久，正当部门接力赛跑开始，运动员们像刘翔附身奋勇疾跑，观众们拼命呐喊加油助威的时候，忽然一阵类似火车的轰鸣声由远及近传来。因为附近本来就有铁路，所以很多人包括我都以为是火车通过发出的声音。

伴随火车的轰鸣声，脚下的大地开始摇晃之时，大家这才觉得不对。顿时看台上的人尖叫着纷纷连滚带爬地拥下来。我们大多数人原本就在空地，周围除了树木也没有高层建筑，因此都傻傻地站着面面相觑。

等那阵地动山摇过后，有人拿出手机开始打电话，可是这个时候已经打不通了，即便这样，当时还是没有人能够预见事情的严重性。

等这场风暴平息过后，运动会继续进行。到五点多运动会结束，大家才坐公司的班车回家。

汽车开了不久，路过一所小学，门口黑压压全是接学生的家长，道路堵得水泄不通，大家都觉得奇怪。直到进了城，发现几乎全城的人这个时候都倾巢而出了，路边乌压压聚满了人，已经有人开始搭起了帐篷，警车、消防车、救护车呼啸着驶过，我心中不由得一沉，觉得事态严重。

怀着忐忑的心，我回到家里，映入眼帘的就是一片狼藉，我的化妆品、花瓶、相框之类掉了一地。迎接我的老米米眼神惊恐，嘴里还咿咿呜呜地对我说着什么，地上一摊呕吐物，看到我，激动得声音都变调了，看来老东西当时受惊不小啊！

晚上十点，通讯恢复，终于接到了我妈的电话，原来地震后不久，妹妹就把他们连同梦露接到南郊的一个度假村去了。

当天晚上，全市停电。我只好点着蜡烛看阿加莎。当晚据说余震不下两千次，我几次在梦中被摇醒。

第二天，我去上班，发现杂志社所在的大楼已经拉起了警戒线，由专人值守，严禁进入。我随手买了份报纸，看到上面赫然满篇的黑体黑框。

“5 · 12”地震后，成都的街道上，冒出了一个又一个的帐篷，像一朵朵五颜六色的蘑菇。当时有些小区跟我上班的那个写字楼一样，只能出不能进了。那个时候，几乎所有的成都人都露宿街头了。

但即使这样，热爱生活富有爱心的成都人依然没有抛弃他们的宠物，街头上随处可见成都人带着自己的爱宠露宿，狗啊猫啊兔子啊仓鼠啊，甚至还有乌龟。我还见过这样的一幕，估计是被吓坏了，有只肥硕的大金毛死活不肯走路，它的主人，一个年轻女孩只好把它像婴儿一样抱着走。

危难时分，倒也有温情幕幕。只是有些不知好歹的狗，见面依然会互相龇牙咧嘴，争强斗勇，显得不那么友好。

印象很深的是，我们成都交通电台的一位知名主持人（当时是她第一个播报了地震信息），在播报中，她突然说了句：“其实，现在我最担心的是我家的狗……”（她家人在外地），估计意识到有些不妥吧，赶紧打了个圆场过去。

我有一个朋友，本来两口子都买好了机票可以一走了之的，但是非常时期狗没法托运，于是他们就留下来陪狗了。“我总不能把狗扔下去逃命吧？”对于那些质疑她的人，她理直气壮地说。

5月13日的白天，我去度假村和我家人会合。那是南郊的一家度假村，为数不多的客房早就爆满，连餐厅、会议室、棋牌室、健身房连同草坪停车场都住满了人。我们家人到得早，幸运地抢到了一间客房。

我的家人自是不放心我，一再要求我搬过去住。

我犹豫了，一来我妈带着梦露，梦露那个时候对它的追求者米辣辣可谓厌烦至极，一见面就会气得浑身发抖，疯狂吠叫。我带米辣辣过来，难免鸡飞狗跳，影响他人，有些不妥。

再则，那时候虽然办公室进不去了，但我们杂志社仍然照样上班，只不过将办公地点搬到了府南河边的一个露天茶社。大家带着各自的笔记本电脑，该开会开会，该写稿写稿，还不时组织大家到都江堰、绵竹等灾区去赈灾采访。临时办公地点与南郊这家度假村相距甚远，当时交通也不甚便利。思前想后，我还是婉拒了家人的建议，独自回家。因为家里还有我的米辣辣。

回家后，我仔细检查了一下房屋，奇怪，虽然“5·12”当时打碎了一些化妆品、镜子、相框之类，但是经我仔细检查，我家里的墙壁居然连裂缝都没有找到，看来房子还是很结实的。况且我的地理知识告诉我，从地质构造上看成都并不处于地震带。

所以那段日子，我并没有加入逃难大军，照常上班，正常作息。白天还好，晚上经常被摇醒，饮水机猛烈摇晃，上面的水桶跟着摇晃，有点儿金蛇狂舞的意思。水桶里的水更是随之哗哗作响，半夜三更的，格外响亮。

有天半夜，“砰”的一声巨响，吓了我一跳，我还以为这栋楼被终于摇垮了呢。定睛一看，还好，地上一堆碎片。原来，连日不分昼夜地摇晃，我家客厅的吊灯居然掉下来了。

那段日子，每逢半夜被摇醒的时候，我都会弯下腰，看着我的床边的窝里，米辣辣睡得非常香甜，还发出了均匀的鼾声，我的心也顿时安然。

## 三十一、难忘的一夜

5月19日那天，我们杂志社率领一百来辆车组织的车队，载着各类救援物质，浩浩荡荡地开赴绵竹灾区。

一百来辆各种汽车，绝大多数都是我们广告客户的。他们在我们杂志社的号召下，自发购买了各类救灾物资，由我们杂志社组织开赴灾区发放救灾物资。

我发现了一件有意思的事情，其中一个客户是我们成都地区的行业大佬，脾气暴躁，相当难缠，有“鬼见愁”

之称。那天其他客户所载的救援物质，以矿泉水、面包、方便面这类基本生活物质为主，唯有他的东西，品种极为丰富，除了少量矿泉水更多的是奶茶、可乐等各类饮料，吃的更是远不止方便面，饼干、蛋糕、萨其马、老婆饼……我甚至还看到了巧克力，感觉是把便利店搬来了。危难之际的慷慨，或许可见一个人的真实品格，让我小有感慨。

晚上十一点刚过，成都地区所有的广播电视台开始滚动播放当晚即将发生高级别地震的预警，警车随即出现在大街小巷，开着高音喇叭通知大家赶快逃命，我们小区的物管更是挨家挨户敲门通知。

这时，我接到了二十多个电话，其中有十个是我家人打来的。我家人看我一副劲松不怕大雪压，死猪不怕开水烫的样子，都要急哭了。我天良未泯，生怕把外婆急出毛病来，这才慢吞吞地关电脑，收拾细软，带上我的老米米开始逃命。

当我抱起老米米的时候，老东西很不耐烦，拼命挣扎。刚刚出门，四体不勤的我就觉得行囊有点儿吃力了，略一思忖，只带上了一包狗粮、一个水碗、一个垫子，希望老东西在逃命时能睡得舒服点儿吧，为此我忍痛舍下了我心爱的化妆品。

特殊时期，电梯早就关闭了，当我带着老米米从楼梯走下来，来到大街上时，顿时被那一幕令我毕生难忘的场面惊呆了：

成都夜晚的大街，前所未有的混乱，像好莱坞灾难片的某个场景，满街都是慌乱的人，堵得严严实实的车，挤得满满当当的帐篷……

我的家人不停打着我的手机，那时我也非常希望能够尽快和家人会合。

可是我根本就没有看到出租车！

因为非常时期，出租车也是一个移动的帐篷，出租车师傅早就载着家人逃命去了。我在路边足足坐了一个多小时，其间不断接到电话，可是我居然没有看到一辆出租车。我倒不是怕死，但觉得这个时候怎么也应该和家人在一起。而我的家人在南边，我现在却在北边。

当时街面上，已经密密麻麻地挤满了车，就算有车，也插翅难飞啊。就在我欲哭无泪的时候，老米米开始和旁边的小贵宾调情，老东西动了春心，几次想趁机从我怀中逃遁，而绳子被我攥得紧紧的。

我万般无奈，只得返回，后来在物管的帮助下，在大楼的大厅里搭了个地铺躺下。当天我很早就起床了，随单位去灾区捐助，坐了一天的车，这会儿实在撑不起了，很快眼睛就睁不开了。

但是我生怕一觉醒来不见老东西了、思来想去，干脆把牵老东西的绳子系在了我的皮带上，皮带在裤子就在，裤子在米米就在。我不信逃难能把裤子逃掉。

在这个惶惑的晚上，在朦朦胧胧的梦里，我感觉有人不断地从我身边穿过，甚至听到有人惊喜的声音："啊，这里还有条狗，好可爱啊！"我想说，别摸，会咬人的，可是眼皮都抬不起来了。

半夜我醒了，看见老东西蜷在我身边安然入睡，像一只香甜的腰果。

## 告别的年代

### 一、人生就是一个不断失去至爱的过程

那场百年不遇的天灾，幸好很快就过去了。

然而平静的生活刚刚没几天，我的心情又被一个坏消息跌进了谷底。

那就是，米辣辣的女神梦露的健康出现了问题。

梦露的年纪比米辣辣大几岁，那个时候，它已经十五岁了。十五岁，对于一个人来说可谓是风华正茂，可是对于一

只狗来说，已经老得不能再老了。

进入老年期的梦露，有着严重的皮肤病。在它最后的两年内，皮肤病让我妈家里异味扑鼻。可是我的家人，特别是我当医生有着严重洁癖的妈，对于饱受病痛折磨，脾气越来越暴躁的梦露，却细心治疗，精心照料，从不嫌弃。

那段时间，病痛的折磨已经让梦露面目全非、生不如死了。之前我就和我妈商量过，如果有一天，它实在撑不下去了，就安乐死吧。

这一天，终于来了。

陪同我的人，自然是米辣辣的丈母娘钟兰。

这个世上见过我笑的人很多，她是为数不多，见过我哭的人。

最后的一幕，我永远忘不了。

把梦露放在桌上后，我就到另一间房子去了，就在我转身时候，无意中看见了它。它站立在桌上，四处张望，那么孤独，那么无助，那么困惑，又那么惶恐。

我想，这个时候，它多么希望我能像往常一样，出现在它的面前，带它回家，就像在它出生的第三十五天时那样，带它回家。

最后，我带着梦露回了家，与以往不同的是，它已经变成了一具小小的冰冷的尸体，晚上无人时，才能去河边安葬。

因为我当时住的是小户型，钟兰说不能让米辣辣见到梦露的尸体，所以我就把它放在了门外那间漆黑的安装水电表的小屋，然后继续我的工作。

当天，我的采访对象眉飞色舞、口若悬河，我像往常那样微笑倾听，并飞快记录。可是，我的眼前，一直晃动的是那间黑暗的小屋里，那具冰冷的小小的尸体。

好不容易结束采访。

秋日的艳阳下，我一边飞快走路，一边掉眼泪。

在此后很长一段时间，这件事成了我心中的一根钢针，就这样冷冷地插在我的心上。

我无法原谅自己。

有一晚，在我敷面膜的时候，突然想起，眼泪就那样无声滑落，滴在了我毫无表情的面膜上（不晓得沾了眼泪的面膜会不会特别有效？）。我给钟兰打电话，她安慰我，其实梦露在我家里整整十五年，我的家人那么爱它，即使在后来漫长的生病的日子里，对它也是疼爱有加，从未嫌弃过它。

梦露的一生，得到过这么多的爱，它是一条幸福的狗。

有爱的生命才有意义。

我的心情终于暂时平复了点儿。

毕飞宇在《青衣》中说过：人生就是一个不断失去至爱的过程，而且是永远的失去。

既然如此，我们唯一能够做到的，就是善待自己的亲人、朋友，一切有缘的人，等到那一天终于来临的时候，少一点儿遗憾，少一点儿抱歉。

我的亲人，我的朋友，我爱你们!

## 二、签名玉照

梦露走后，最难过的人就是我妈了。

每次说起它，我妈的眼泪都会涌出来。短短时间，已经到埋葬梦露的河边去看它好几次了。

我时年八十六岁的婆婆，提起它来也是泪眼婆娑，我的妹妹更是哭肿了眼睛。爸爸那段时间在北京参加同学会，不在成都，回来后得知梦露走了，虽然他从此可以清清静静吃他的花生米了（我爸一吃零食，梦露就在他的脚下怒吼着乞食），也难过得睡不着。

我妈说过，她养梦露，从四十多岁养到了六十多岁，梦露走了，那种难过真的没法形容。我婆婆眼神本来就不好，看到每条狗都觉得像梦露。我把米辣辣的玉照给她看，她也一口咬定是梦露。只要提起梦露，她老人家就掉眼泪，反复说："那天你把它带出去，我就知道再也不会回来了。"

见家人那么难过，我打算再去买只狗，一只长得和梦露差不多的狗给他们，也许他们的心会感到宽慰吧。但是所有家人包括我妈坚决反对。无论我如何语重心长，如何巧舌如簧，大家还是坚决反对。其实我也理解，很多人失去心爱的宝贝后，就再也不愿养猫养狗了，悲伤的种子终于发了芽，那种刻骨铭心的痛苦滋味实在没有勇气再度去品尝了。

我真的很抱歉。因为我的任性，我个人的喜好，给我的家人，特别是步入晚年的婆婆和妈妈带来了如此大的痛苦。她们原先都是非常怕狗的人，特别是我婆婆，她老人家小时候被恶犬咬伤过，至今小腿上还留有疤痕。小时候我多次听她讲过那段如梦如烟的往事，让我对任何小动物包括小猫、小鸡都心生忌惮。

而我妈是医生，有严重的洁癖。在她眼中，到处都是细菌，恨不得我们每天一回家，就把我们先放消毒液中泡几小时消完毒再放出来。我们家每个人的拖鞋都有三双，卧室客厅一双，阳台一双，洗手间一双，要在屋里走一圈，则要不停更换。我从小到大，没少因为稀里糊涂忘记了更换拖鞋受到责骂。

可是梦露晚年身染恶疾异味扑鼻，我妈却“充鼻不闻”，甚至为了更好地照顾它，还把它的窝放在她的床畔。

老实说，我从来没有这样强烈地感受到我妈的好。

某一天我回家，我妈喜滋滋地拿出一张照片让我看，指着照片上那只小狗，问我是不是很像梦露。

照片上一只毛茸茸的狗笑眯眯地冲着我笑。外貌嘛，确实有几分像梦露，不过我觉得更像米辣辣。

我妈得意地告诉我，有次去成都战旗歌舞团旁边买著名的买战旗包子，偶然发现包子店旁边，有家小店的狗长得好像梦露，顿时我妈就走不动了。

从此，我妈每次买包子，都要特地拐过去看望“梦露”，店主人看到我妈那么欣赏他的狗，自是非常开心，还送了她一张签名照。我妈如获至宝拿回家，看到我第一件事就是拿出来向我炫耀。

看到我妈像小孩子一样开心，我心里却突然觉得酸酸的。

三、捡到第三颗牙齿之后

从我第一次在地上捡到那颗沾着黄色结石的小牙齿后，陆陆续续地，我又开始捡到了第二颗、第三颗。

我感到了几分怅然，时光飞逝，米辣辣这个海南岛的小坏蛋转眼间变成了老坏蛋。

可是奇怪的是，老米米除了掉了三颗沾满结石的黄板牙外，眼神依然还是那么稚嫩那么好奇，身材依然那么健硕结实，没有多余的赘肉，简直像枚小钢炮。如果米辣辣是个人的话，说不定还可以让人看到它的人鱼线。它高兴起来，仍然可以一阵风似的在家里疯跑。除了小时候得过中耳炎，这么些年，它愣是没有进过医院。

米辣辣之所以能够如此，我想首先得益于它多年来有规律的生活，还有心如止水的情感世界吧。

除了年轻时候疯狂迷恋过女神梦露以外，米辣辣后来最多只是跟小女狗们调调情，占点儿小便宜而已，浅尝辄止，收放自如，绝不动真气。这让我不由得想起李敖的那首《只爱一点点》："不爱那么多，只爱一点点……别人的爱情像天长，我的爱情短……"

这些年来，由于从来没有涉及男女之事，连女朋友都没有谈过，米辣辣至今还是一个冰清玉洁的老处男。日子虽然平淡，虽然无聊了一些，但是显然非常有利于它的健康，特别是心脏的健康。

在饮食方面，和绝大多数狗狗一样，米辣辣一天只吃两顿。

我喜欢煲汤，四季不断。但是我只喝汤不喜吃肉，炖鸡也只吃鸡头和两只鸡爪，连鸡翅都不吃，其他的自然让米辣辣大快朵颐了。一个冬天下来，米辣辣吃的鸡恐怕比黄鼠狼还要多。

上午那顿，将肉切碎拌饭，再浇一小勺汤汁，米辣辣百吃不厌。晚上就更简单了，为了平衡米辣辣的膳食结构，补充它的维生素和微量元素，一般都是抓一小把狗粮。米辣辣其实并不是很喜欢狗粮的，但是看在我的薄面上，也会乖乖吃下。

前面提到它的一个怪癖，即便不乖乖吃狗粮，我只需用梳子梳它的毛，头顶背部都可以。但是据我观察，梳脸蛋儿上的毛效果最好，不过一般情况下我不会放这个大招。

只要我一梳它的毛，它马上就像被施了法术一般，埋头开始吃饭，如小鸡啄米般。如果我梳个不停的话，估计它连碗都吃下去了。

晚上九点左右，再给米辣辣倒一小碗牛奶，这是它一天中最兴奋最幸福的时分，眨眼间就喝得精光，然后反复舔着碗，一副恋恋不舍的样子。

这些年来，我很少给它吃零食，偶尔给点儿奶片肉干之类，米辣辣足以开心得打滚了。

我后来分析，梦露晚年得了皮肤病，估计跟吃了丰富多彩乱七八糟的东西有关。除了火锅，基本上我家里吃啥，它都有份，最喜欢吃的是各式卤菜。其实人吃的东西，特别是卤菜类，因为添加了很多香料，对狗狗的皮毛和内脏都有不良影响，还容易造成狗狗挑嘴的坏毛病，挑三拣四，欲壑难填，让主人也颇为头疼。可惜当时我们并不知道。

由于梦露的教训在前，所以我从来不会因为米辣辣的无理取闹而妥协，给它吃不应该吃的东西，甚至连它最向往的卤肉都没有给它吃过。

效果显而易见，米辣辣一辈子不挑食，而且到了最后，毛发都丰沛油亮。

## 四、难过的是我们不能一起变老

随着米辣辣年纪的增大，曾经天马行空的我，极少出门，除非能够带上我的米辣辣。

春天，我们去龙泉山看桃花。

夏天，我们去青城山度假。

秋天，我们到河边去看金黄的银杏。

冬天，我陪它眯着眼睛在阳台上晒太阳。

进入了晚年的狗狗，需要更细致的照顾，保暖尤其重要。

冬天的时候，米辣辣的窝通常是这样的：最下面一层是防潮垫，成都冬天潮湿阴冷，如果没有防潮垫的话，一天不到，窝的底部很快就会潮湿了。

防潮垫上面放着米辣辣的印着卡通兔子的棉布窝，软软厚厚。

窝里第一层铺着我的一件旧毛衣，第二层是我的旧棉服，虽是旧物，倒也温暖厚实，最上面再铺一条粉色猪仔的婴儿毯。如此一来，米辣辣的窝具体形象可以参见麦当劳的汉堡，虽不至离地三尺，但还是很有高屋建瓴的气势。

米辣辣一跳进来，它的窝就摇摇摆摆，仿佛随时可能倒塌的豆腐渣工程。米辣辣睡在上面，好像睡在了棉花堆里一样。

出太阳的时候，我都会把米辣辣烦琐的床上用品拿到太阳底下晒晒，这样晚上的时候，米辣辣就可以睡在干燥温暖的窝里，感受到阳光的气息了。

自从米花花，特别是梦露走了以后，我再也没有打过米辣辣，甚至连骂都很少。这个时候它的脾气时好时坏，只不过我不再和它计较罢了，有时候还觉得它发怒的样子非常可笑。

每天早上，叫醒我的既不是闹钟也不是梦想，而是米辣辣的一阵阵咆哮。因为清洁工开始打扫楼道了，怎么制止也没有用。要是原先，估计拖鞋早被我扔过去了。

我摸它的背，如果它正巧心情不佳，照样看都不看掉头就咬。要是原先，恐怕得挨我一巴掌。

我吃东西的时候，它先是对着我大声咆哮，见我不加理会，就开始捶胸顿足，气喘如牛，场面相当惨烈，有几次好像真的要背过气了，被我称为“自残”。不过我只是冷眼旁观，懒得理睬。你想啊，十多年来天天这么一幕，我早就审美疲劳了，米辣辣显然是一条缺乏创意的狗。

是的，不管米辣辣如何，我都不会再跟它计较。我知道暴跳如雷不能解决任何问题，米米老了，老头子也有老头子的固执和尊严啊。

更重要的是，那个时候，我已经明白了一个可怕的事实：

米，我最难过的是你不能陪我一起变老。

那段时间，我只有一次外出，去北京参加一个好友的婚礼。一共三天，我把米辣辣托付给了它的丈母娘钟兰。

这段日子，米辣辣和钟兰包括她的狗已经混得比较熟了。

据钟兰告诉我，我走了之后，米辣辣一下子就傻了，就蔫了，像当初在郭姨家一样，整天呆呆地趴在门边，一副郁郁寡欢的模样。脑壳上那个绑着蝴蝶结的冲天炮就像指南针一样，很有灵犀地指向我所在的北方。

我每天都会给它打电话，钟兰把手机放在米辣辣的耳边，它听到了我的声音，小眼睛总是倏地一亮，筷子似的尾巴也随之微微摇摆，这才不紧不慢踱着方步去吃饭喝水。

## 五、生于“乱世”

现在想来，米辣辣这一生的传奇性，也许是从一开始就注定了的。连同它曾经居住了十多年的地方，也是那么与众不同。

和其他狗所通常居住的小区公寓院落不同，当时我和米辣辣居住的地方，属于成都市的黄金口岸，是四川省乃至西南地区的商贸中心。当时雄踞全国五大日用品批发市场之一的荷花池市场就离我家不到二百米。

我从小生活在这个地方，连幼儿园、小学、中学都是在附近上的。当然那个时候荷花池还是一片田野，开满了金灿灿的油菜花。出门买包泡面的工夫，就经常可以碰到某位幼儿园、小学或者中学同学，惺惺相惜握手言欢，在炎炎烈日或者凛冽寒风中抚今追昔忆苦思甜老半天。

而如今米辣辣生活的这个荷花池，终年商贾如云，熙熙攘攘，车水马龙，人流如织。和别的狗狗的居住环境自是大不相同，米辣辣也算生于乱世了吧，延续了它一贯的传奇色彩。

当时我和米辣辣所在的那栋商住楼电梯公寓，整栋楼除了我以外，几乎都是清一色口音古怪的福建人广东人浙江人，他们打招呼的方式就是互相询问，你是做什么生意的？得知我什么生意都没有做却鱼目混珠，他们都深表遗憾。

顺便八卦一句，这栋小小的仅仅七层的电梯公寓实乃藏龙卧虎之地，我的那些朴素温和甚至略显土气的邻居，很多都是深藏不露身价不菲的商界达人。他们往往晚上八点左右按时就寝，早上四点就出门，引得米辣辣一阵狂吠。

因为住家周边环境过于杂乱，所以每天遛狗我都只是在各个楼层内走走而已。这栋小楼除了住家，还另开有不少公司。我每天溜米辣辣的时候，走在楼道上，米辣辣总是喜欢对着开着门的办公室探头探脑的，我总会听见一阵阵惊喜的声音：

“小米，又出来了啦！”

“小米，别不好意思，进来嘛！”

“小狗狗，好可爱！”

米辣辣总是在这些亲热的呼喊中，一溜烟就跑了，好像一个害羞的小男孩。

说起来，米辣辣真的很古怪。不管谁叫它，它听到后的第一个反应就是掉头就跑。如果它在远处玩耍，我蹲在地上，张开双臂对着它呼喊："米米！"米辣辣听到我的呼唤，转过身来，稍一迟疑，旋即会朝我飞奔而来，真的是非常温馨感人的一幕啊！不过如果你真的这样想的话，那你就太不了解米辣辣了。如果它按理出牌的话，它就不会叫米辣辣了。

的确，米辣辣朝我飞奔，但是并没有扑进我的怀抱，而是每每都从我张开的手臂下面飞奔而过，就像一阵呼啸的狂风。

真是一只古怪的小狗啊！

即便如此，米辣辣也给我带来了数不清的快乐。

我们的生活平淡而琐碎，就像生活在一个巨大的黑屋子里。我一直以为，能把我们从这种平淡而琐碎的生活中解救出来的，就是文学、绘画、音乐等各种艺术，那就像黑屋子上面开的天窗一样让我们的眼睛倏地为之明亮，让我们的世界为之广阔。

除了艺术之外，能够拯救我们的，那就是小动物了。它们的天真它们的可爱，足以融化世间所有的坚冰。

## 六、米辣辣突然失声了

那时候我写稿子，米辣辣有时候会走过来，踮着胖脚，举着胖手把我的手推开，在我的键盘上乱敲一气，方才满意而归。我朋友告诉我，米辣辣肯定是想通过这种方式和我说话。

那么，如果米辣辣会说话的话，它会对我说什么呢？

直到有一天，我在网上看到了一组漫画，用小狗的口吻对主人说话：

“我爱我的妈妈，我的妈妈也爱我，虽然我知道她不是我的亲妈。”

感觉就是米辣辣突然开口说话了，用的是最清脆的童音，稚嫩中，又有淡淡的感伤。最后，那只小狗说道：

“如果有一天，我不得不和你分开，请你不要难过。”

我的眼泪流了下来。

还好，米辣辣虽然已经是老头子了，但是依然身体倍儿棒，吃吗吗香，它会成为一个老乌龟的，我安慰自己，我们依然还有很多美好悠长的时光可以共享。

这个时候，发生了一件有意思的事情。

那天我刚刚回家，米辣辣照例兴冲冲地跑来行狗族大礼。

可是，奇怪的事情发生了：任米辣辣如何张嘴，却始终发不出我最熟悉不过的“汪汪”声，仿佛重新回到了默片时代。

我和米辣辣同时吓了一大跳，估计它比我更郁闷吧。是啊，连“汪汪汪”都发不出来，还有什么资格自称“汪星人”？

米辣辣不甘心，仰着馒头脸，几经努力，终于发出了微弱的“唧唧”声，好像围着我脚底下打转的不是一条狗，而是一只觅食的鸡。虽然心存疑虑，但是我还是被这滑稽的一幕，逗得哈哈大笑。我经常说人家没心没肺，没想到关键时刻我也是一丘之貉啊！

我给钟兰电话，这个没心没肺的婆娘不待我说完，在电话里就笑得嘎嘎嘎的，像成都名小吃樟茶鸭。可怜的米辣辣突如其来的怪疾就这样变成了一场闹剧。不过钟兰告诉我，她家的猫咪也曾经发生过这种古怪的事情，过一段时间自己就好了。

听她这样说，再看米辣辣其他一切如常，我悬着的心也渐渐放下了。

可怜的米辣辣不甘失声，越是发不出声音，越是要努力发出声音，仿佛一个越挫越勇的斗士。它更加焦急地围着我团团转，馒头脸上写满了疑惑和期待，好像在恳请我助它一臂之力，发出往常那响亮的汪汪声音。

我感觉是被一只执着的鸡，或者说一只古怪的鸟缠上了，满耳都是细若游丝的滑稽可笑的“唧唧”声“嘶嘶”声，实在忍无可忍了，随意地安慰了米辣辣，失声其实也不算坏事，至少每天早晨不会把我吵醒了。

我还破例给它洗了个脸，算是做了个面部美容，然后我就逃跑似的出门，找朋友玩去了。

第二天，米辣辣的声音总算尖锐点儿了，虽然还没有恢复到往日的声如洪钟，我也乐得睡了个清净觉。

三四天之后，米辣辣终于发出了洪亮的“汪汪”声。

## 七、洗衣粉水风波

进入老年的米辣辣，得到了我更精心的照顾。

它每天的粑粑、尿尿、眼屎、毛发、饭量、饮水包括情绪，我都会细心观察，这样才能尽早发现狗东西的问题。

除了让它吃好喝好，还要让它心情保持愉悦状态。

香港著名词人林夕说过，狗狗的年纪越大，渴望额头被抚摸的频率越高。米辣辣的额头不仅经常被抚摸，它冰凉的纽扣鼻，每天也会被我亲几次。除此之外，平时还要多与它讲话，虽然具体的词句狗狗听不懂，但是可以感受到你的爱意。

每当我和米辣辣说话的时候，尽管它不会讲话，但总是笑眯眯地望着我，明显心情愉快的样子。

可饶是如此，这时候我还是犯了一个致命的错误。正是这个错误，对米辣辣后来的健康造成了不良的影响，让我愧疚至今。

钱是你自己的，资源是大家的。这句话各位耳熟能详吧？对此，我是深表认同的。我算是环保人士吧，洗衣机洗衣服的最后一道水我都会用一个大盆接着，用来冲厕所。于是，我家厕所的地面上，长年都会摆放着一盆洗衣粉水。

我做梦也没有想到，天天在我眼皮底下的猥琐男米辣辣也会有秘密。它的秘密就是经常背着我偷偷去喝洗衣粉水，有几次我见它在厕所鬼鬼祟祟的，也没有把偷喝洗衣粉水和它联系起来。现在想来，我实在太粗心了。

对于米辣辣这种性情古怪的狗来说，背着我偷偷喝洗衣粉水肯定是件相当刺激的事情。而洗衣粉水，在它眼中，大概跟我们人类的可乐一样美味可口吧。总之，它就这样不动声色地喝，到底喝了多久，喝了多少，已经无从查证了，直到有一天终于东窗事发了，一晚上拉了七八次，都是黑色的液状便便。不要问我怎么会把米辣辣拉肚子跟洗衣粉水联系起来，恰在那天，它偷喝洗衣粉水时被我当场捉拿归来。

好不容易挨到天亮，我赶紧打车带着米辣辣到宠物医院看病，这也是米辣辣迄今为止，第二次进医院。

经医生诊断，米辣辣得了急性肠胃炎。打针吃药输液，看米辣辣默默趴在病床上，眼神黯然，估计也在为偷喝洗衣粉水这样的荒唐事追悔莫及吧。

在这里，顺便给各位科普一下。一般狗拉肚子，很多人都会当作肠胃炎治疗。其实造成狗拉肚子的原因绝不仅仅是因为肠胃炎，还有可能是胃炎，甚至胰腺炎。如果误诊，特别是后者，对于狗狗来说，不但痛苦万分而且分分钟有生命危险。

作为一个医疗战线的吹鼓手，形容那些高大上的医院，我都喜欢用“西部一流”来形容。这回米辣辣去的自然是家“西部一流”的宠物医院，当然它的价格也是“西部一流”的，仅仅三天的治疗，当时最热门的一款手机也因此和我失之交臂了。

好在经过有效的治疗后，米辣辣的病情很快好转。

不过，米辣辣康复回家后的第一件事就是直奔厕所，一副“这么久没有喝洗衣粉水可想死我了”的表情，妄图再次畅饮洗衣粉水！被我拖出来一顿痛骂：想我平时省吃俭用节衣缩食，为了救你这条狗命就花费了五千多元，还想让我破财？没门！没窗！

## 八、冰清玉洁的老处男也会肾虚

洗衣粉水风波之后，虽然米辣辣的急性肠胃炎被治愈了，但是医生告诉我，因为长期偷喝洗衣粉水，米辣辣的腰花儿受损，落下了肾虚的毛病，如果任其发展下去，最终的结果就是肾衰。

随后，我查了资料。原来，大部分的狗狗到了老年后，肾脏都会出现问题。对于肾虚包括轻度的肾衰，当时并没有有效的治疗方式，一般都是要求给狗吃处方粮，再搭配服用肾康。

虽然米辣辣是只富于传奇色彩的狗狗，但是它日常的生活实在是索然无味啊。如果从此告别了心爱的肉肉拌饭、牛奶还有鸡肉干这些它生命中原本就不多的快乐，从此只能吃单调乏味的处方粮，这对米辣辣来说是一件多么残忍的事情啊！

那段时间我心情非常矛盾，一方面不忍心剥夺米辣辣狗生为数不多的快乐，一方面又担心它的腰花儿，另外对自己能否坚持让它从此吃处方粮也没有信心。

再看看如今米辣辣喝水尿尿一切如常，上蹿下跳翻垃圾桶，声若洪钟和我吵架，风卷残云吃饭，甚至不顾自己年事已高，觍着老脸和年轻的小母狗调情献媚，肉麻得我都不好意思了，哪像一个肾虚的男人，哦不，公狗？思前想后，我还是决定让米辣辣饮食依旧，只是每顿饭里都要加一勺肾康来保护它的肾脏，反正肾康也没有任何异味。在它后来的几年内，肾康一直没有停过。

这个时候的米辣辣，除了轻微的肾衰外，还有一个小毛病。

每次迎接我回家的时候，米辣辣照例会兴奋得手舞足蹈，激动地围着我转圈跳跃。可是有时候兴奋过头，它的狗族大礼升级为转圈跳跃时，会突然“砰”的一声倒在地上，四脚一阵乱蹬，嘴巴发出急速的“啊啊”之声，有几分怪异又有几分滑稽。不过这个动作通常只会持续几秒，然后一个鲤鱼打挺鹞子翻身，迅速从地上爬起，恢复如常，仿佛一切都没有发生过。

米辣辣第一次这样的时候，把我吓了一大跳。

这个症状看起来和人类的癫痫非常类似，后来医生的诊断也证实了我的看法。但是由于米辣辣病情比较轻微，突然摔倒四脚朝天，对于人类来说可谓颜面尽失危机四伏，但是对于狗，特别是底盘本来就甚低的狗来说，影响和危害则远远没有人类那么巨大。

更重要的是，当时治疗癫痫的过程颇为烦琐，药物副作用大且治疗效果也不甚理想。米辣辣年纪也大了，肾脏也不好，所以我并没有对米辣辣进行任何药物治疗，只是按照医生的指示，加以适当的调养。好在直到米辣辣最后离开，癫痫也没有加重。

## 九、幸福是条温暖的小狗

朋友说，我喜欢搭讪，不过搭的都是狗讪。

的确，在街上看见一条可爱的狗，如果时间充裕，我就会像一个色男看见美女一样走不动路。

先是夸赞：“你的狗狗好可爱啊！”

主人一般就会面露喜色，表现欲望比较旺盛的主人甚至会由此打开话匣子，向我悉数狗狗的趣事囧事，来充分印证它的可爱。

然后问："叫什么名字？"得到回答后，再问："我可以摸摸它吗？"趁机零成本消费了狗狗的可爱。

这时基本和狗主人已经混得半熟了，高潮也随之出现了：我掏出手机趁机秀米辣辣的玉照。在主人"都十五岁啦！"的惊呼赞叹声中，满意而归，也算人生乐事。我的好多朋友，就是这样认识的，从搭狗讪开始，最后成了生活中的朋友。养狗给予我们的东西，绝非养狗本身。

某日小区内，见一蹒跚胖狗，问主人："老狗否？"

答："是。"见其满毛脸的不耐不爽，神似梦露。

故问："脾气不好乎？"答："是。"

见旁有一轻快小狗蹿出，遂问："和小狗相处甚差乎？"答："原先欺负小狗，现在老了被小狗欺负。"

连叹："罪有应得，活该。"

路遇胖老狗那次，我顺便摸出手机，把米辣辣的照片给他们看。女主人瞄了一眼米辣辣甜美可人的玉照后，一针见血地评价道："一看就不是省油的灯"。

米辣辣岂止仅仅是不省油的灯，它不但是我见过脾气最坏的狗（不对，我怎么把它的女神梦露忘记了？那也是个一等一的暴脾气啊），而且还非常猥琐，透着种种古怪。它有个怪癖，喜欢边尿尿边吧唧吧唧喝自己的尿，非常陶醉，津津有味，啧啧有声，就像我们喝鲜榨果汁鲜酿啤酒一样。

每次回家，当我还在用钥匙开门的时候，就可以听见里面一阵兴奋的呜呜声，还有爪爪急切抓门的声音。刚刚打开门，一道白色的闪电瞬间冲出，围着我激动地跳跃转圈，咿咿呜呜地述说着分离的痛苦、别后的思念以及重逢所带来的狂喜，虽然我出门可能仅有半个小时。

每晚洗脚的时候，它都会颠颠跑来，把毛脸埋进盆里，“咕噜咕噜”地喝了个饱，顺便洗了把狗脸。事毕抬头，我趁机用抹布给它擦了把狗脸，米辣辣又喝了水又美了容，心满意足，摇摇摆摆地离开。

我只要去上厕所，即使是在寒冷的冬夜，米辣辣都会闻声从窝里一跃而起，胖脚从温暖的狗窝踩在冰凉的地砖上面，跌跌撞撞跟在我身后，坐在马桶边打瞌睡。米辣辣用这种方式表达着对我的依恋。

后来我看到报纸上说，英国心理学家发现，对于终日紧张忙碌的现代人来说，减轻压力与疲劳感的最佳方式便是轻轻抚摸自己的宠物。

其实我早就发现了这一点，养狗不但可以让我心情舒缓，而且对于失眠还有神奇的疗效。睡不着的时候，我就俯身去看米辣辣，只见温暖的窝中间，米辣辣蜷缩如腰果，鼾声均匀，睡得香甜。良久，我仿佛也受到了传染，不多时也就眼皮沉重，酣然入睡了。

## 十、厕所历险

和米辣辣生活在一起的这么多年，我们几乎没有分开过，除了上次三天的北京之行，还有就是因为工作去了一趟深圳广州。可就是这趟“南巡”，米辣辣的身上发生了无比惊险的一幕，可谓是给它传奇的一生涂抹上了浓墨重彩的一笔。

那是在国庆期间，临走那晚我把米辣辣寄放在我妈家里。当我正在和我妈交代米辣辣的日常生活细节，比如吃饭就是它摆谱耍大牌的最佳时机，经常吃一口，脑壳一昂白眼一翻，小脚脚就不慌不忙地“哒哒哒哒哒哒”地像个老干部一样在房内四处云游，喂食的人就不得不点头哈腰跟在它屁屁后头，等它终于停下来的时候趁机再喂一口。如是反复数次，一顿饭下来，基本上绕地球一周了。

等我交代得差不多了，这才发现米辣辣的倩影已经在偌大的客厅里消失无踪了，奇怪！正在这个时候，厕所传来了我妈的尖叫声！我一听我妈如此不淡定的声音，心头就暗叫一声不妙，等我冲进厕后，发现了无比惊魂的一幕：小家伙居然掉进厕所了！只见它两只胖脚已经滑下了厕洞，另外两只胖手正吃力地抓住厕沿，硕大的脑壳这才勉强露在厕洞之外，眼神无比惊恐！

我当场吓出一身冷汗来！估计当场所有的人都吓出了一身冷汗来！我爸妄图危难之处显身手，英雄救狗，可惜被惊魂中的米辣辣（其实正常情况下它就神经兮兮的）张牙舞爪的怒火吓退了。

我当即挺身而出（除了我这么智勇双全的人才，恐怕没有哪个能担当此任了），不顾它的尖叫惨叫、怒骂怒吼，甚至它的牙齿在我胳膊和手上一阵胡乱撕咬（还好那时它的牙掉得差不多了），抓住它的两只胳膊就死不松手地往外拉！我生怕一松手成千古恨了！这种过分离奇的离世方式不但轻如鸿毛，更是味同便便啊！

现在想来，米辣辣的厕所历险不仅是一出闹剧更是一出悬疑剧。如果发现稍迟，小家伙体力不支，等我们聊完之后就再也不见米辣辣了，寻遍全屋，徒留满怀遗恨满腔疑云，只有等到厕所终于堵了的某一天，米辣辣失踪之谜才会以惊世骇俗的方式“浮出水面”！

幸亏有我这个不让须眉的女英雄出马相救，才没有发生更大的悲剧！不过老东西显然对我很不满，甚至把失足厕所的责任归功于我，在我接下来为它焚香沐浴更衣之时，叽叽歪歪、骂骂咧咧不说，还想趁机攻击撕咬我，真是好人难做啊！一怒之下，我很不厚道地想，当初还不如干脆放水冲厕，趁机灭了这个僭主的坏东西！

曾经有人说过，偶然之中有必然，此言不谬啊！老东西虽平生未耍过女朋友，看似一个冰清玉洁的老处男，可是灵魂深处龌龊十足！我沐浴或者如厕的时候，它无论在睡觉还是在玩耍，总会“哒哒哒哒哒哒”异常兴奋地跟过来，然后，从厕所的缝隙中（我家厕所下端是百叶的），就看见一双小眼睛目不转睛地望着这里。等我出厕时，它再迈着“哒哒哒”的步子不慌不忙地走开，仿佛啥子也没有发生，就像一个手握保温杯道貌岸然的老干部！

## 十一、匍匐前进的士兵

进入老年的米辣辣，事实上，大部分时间都在睡觉。

直到有一天，米辣辣在窝里熟睡，我失手打烂了一个杯子，这么大的动静居然没能惊动它，米辣辣依然呼呼大睡。

我这才赫然想到，如今每天早晨我已经很久没有被它叫醒过，任外面走廊上清洁工走来走去，米辣辣都不再像往常一样，从窝里一跃而起，冲到门前一阵怒吼。

米辣辣老了，我的米辣辣居然也会老，这个对于我来说虽然早在意料之中，但是依然如此残酷的事实，是我在他十六岁以后才逐渐意识到的。

首先，当我睡觉或者躺在床上看书的时候，它再也不会踮着小脚，两只小爪子紧紧扒住床沿，黑溜溜的眼珠子错也不错地默默地看着我，细细的筷子尾巴微微地摆动着。间或冲我莫名其妙叫唤一阵，臭烘烘的嘴巴顿时喷出足以让我“煤气中毒”的熟悉气味，我一伸手摸它的小脑壳，总是飞快逃遁。

当我曾经无比熟悉的这一幕，某一天起，从此不再上演后，我才惊讶地发现一个悲伤的事实：我的米米老了。

我的米米原先有个独门绝技：那就是可以两只后腿稳稳地站立起来，特别是在我要出门的时候，它就经常两只腿站立在门口，笑眯眯地看着我，仿佛在说：“快牵我的手，我会走路，强烈要求逛街街，买新衣服，要女朋友，吃火锅！”虽然我当时没有具体计算过它站立的时间，但从朋友们当初惊叹不已的反馈来看，应该有三四分钟之久吧。

我的米米，曾经那么强壮有力，可以支撑着站立三四分钟之久的后腿如今也变得衰老无力，有时打个喷嚏就会一屁股跌坐在地上。据精通兵器的朋友分析，是米辣辣的后坐力太强了。

每次醒来，米辣辣就像一部需要发动才能开走的老爷车一样，先是在窝里一阵窸窸窣窣地挣扎启动，才会慢慢地拖着如今疲软的后腿挪出窝，之后，通常要两三分钟才能恢复正常的行走。

有位朋友曾经说过，她的狗狗每天的身体状况决定着她一天情绪的起伏。我非常认同这句话，只有深爱狗狗的人才会有这种发自内心的独特体验。但是我也随时告诫自己，要学会面对现实，接受现实——生老病死是我们每个人不得不经历的人生之路。

米米从来没有为了取暖而穿过衣服，可是这个冬季也穿上了黑红相间的瓢虫绒衣服。因为通过我的观察，我觉得它后腿的启动速度，和天气也有一定的关系。可是每次看到米米穿着瓢虫衣服，都会让我觉得有几分滑稽又有几分伤感。

到了年底，有一天我很晚才回家，开门之后，只见米辣辣居然是拖着两条后腿来迎接我的。当时它用两只前肢用力地往前爬行，像个正越过敌方封锁线匍匐前进的战士。

那晚，我哭了一夜，反反复复地想：“我的米米会死吗？我的米米要死了！”除了悲伤，还有强烈的恐惧。

十二、思维混乱了

其实，更让人吃惊的是，这个时候的米辣辣思维估计已经完全混乱了，如果是人的话，它估计是老年痴呆加被迫害妄想症吧。它甚至不再认得我，每次我碰到它的时候，比如想给它梳毛，它开始都会悚然一惊，见了我就像见了青面獠牙的魔鬼一般，然后发出歇斯底里的尖叫，好像我要谋杀它一样，最后猛地向我扑来，凶狠无比地对着我一阵乱咬（唉，还好它的牙齿已经掉得差不多了）。我甚至能听见它已经不多的那几颗牙齿猛烈咬合的声音。

它甚至一个人，不，一条狗的时候，也经常沉浸在被迫害的妄想中，眼神阴狠地注视着前方，脖子一伸一缩的，做猛烈撕咬状，可以听到牙齿猛烈咬合的声音。我妈曾心有余悸地说，如果夏天睡觉，一不小心把手啊脚啊的耷拉在床沿，估计醒来后，手指头脚指头就没有了。

米米思维的混乱，对于我来说，其实并没有各位想象的难过。是的，我的底线一直在调整，米米对我怎样我是无所谓的，只要它健康就好。偶尔在它神志比较清醒的时候，我就上前，蹲在地上，趁机用自己的额头碰碰它的额头，亲昵地和它低语，甚至得寸进尺给它梳个头。这个时候它总是眼神柔和又迷茫地注视着我。而一旦它的喉咙发出老虎一样的低吼，眼神变得凶狠的时候，我就灵巧地闪开，带着一丝得意与满足。

吃饭，也不像原先正常情况下那种慢条斯理的用膳，现在是不管啥子，狗粮也好，我自制的营养餐也好（这个营养餐有点复杂，首先是用我每天打豆浆的“残渣余孽”再拌上少许的米饭鸡肉，有时候会掺上鸡汤之类，对了，因为它后腿无力，我还特意放了两颗葡立胶囊在内），它都是狼吞虎咽不说，而且不像在吃饭，更像在发狠。我甚至可以听到碗被它咬得“砰砰砰”的声音。每次我收它碗的时候，它总是追着我一阵狂咬，但是我已经在逐渐习惯了米辣辣凶猛的牙齿咬合的声音。

爱尔兰诗人叶芝的《当你老了》，这样写道：

当你老了，头发白了，睡思昏沉
炉火旁打盹，请取下这部诗歌
慢慢读，回想你过去眼神的柔和

回想它们昔日浓重的阴影
多少人爱你青春欢畅的时辰
爱慕你的美丽，假意和真心
只有一个人爱你那朝圣者的灵魂
爱你衰老了的脸上痛苦的皱纹

引用这首诗来感叹我的米辣辣似乎有点儿不当，因为它虽然勉强有青春欢畅的时辰，但是作为一个正常情况下就动不动僭主的坏狗，怎么能够奢谈“朝圣者的灵魂”？可是，虽然如此，它在我心目中，依然是至高无上的宝贝。虽然，我如今不得不试着接受终于有一天，我会失去它的痛苦。但是，十四年，陪伴了我整整十四年的米米，从天而降，原籍海南岛的米米，我们一起度过了多少难忘的、美好的时光。虽然你老了，可在我心目中，你永远是天真顽劣，叼住我的拖鞋不放的幼小模样。那一双天真稚嫩的眼睛，永远是我心底的最柔最软。

## 十三、第三次进医院

我还是不甘心，第二天就带它来到了我们北门算是年头比较久的一家动物医院，医生和我爸爸同年，都是“文革”前的老大学生。最重要的是我们单位里一只瘫痪狗就是那儿治好的，那只狗更惨，搬家时候遭重物压伤瘫痪的，后来经过精心治疗，恢复良好，所以我才带着米辣辣前来求医。

检查结果很出乎意料，米米后腿无力，居然和缺钙关节炎之类无关（之前米辣辣后腿不给力，我也一直认为是年老缺钙，这些年没有断过补钙，估计是受了电视上众多补钙广告的蛊惑吧），而是神经性脊髓炎！米辣辣性格的狂躁也和此有关。

据说神经性脊髓炎是米米这个品种和年龄的狗狗很容易患上的病，非常容易和关节炎缺钙搞混淆！我借机对各位提个醒，不是所有的后腿儿无力都是关节炎缺钙。神经性脊髓炎如果严重了，就会瘫痪，大小便失禁。

第一天治疗，暂时还看不出效果，但是我能感觉到明显的改变是它没有那么神经质地狂躁了。晚上米辣辣喝完牛奶，我给它擦嘴的过程中，它都非常温顺，不像以前咬牙切齿地和我拼命。

很长一段时间，我就那样安静地蹲在它的面前，摸着它的小脑壳，亲吻着它毛茸茸的额头，它的筷子似的尾巴微微摆动着，眼神又恢复了对我的依恋，那个熟悉又久违的眼神让我感到温馨又心酸，真希望时间就这样停止！

可是第二天、第三天，米辣辣却越来越萎靡，整天缩在窝里不动，还好，胃口依然不错。更让我觉得惊喜的是，米辣辣吃饭变得正常了，不再如以往狼吞虎咽，吃完后，我把碗拿走，它也不再咬牙切齿。

经过这揪心的治疗，神经炎好像没有治好，可是神经病却意外治好了！我不知是该哭还是该笑。

纠结过后，我还是觉得既然已经走到这一步，就至少应该把一个疗程坚持完吧！

第四天的情况还是如此，米辣辣依然有气无力地趴在窝里，直到晚上，正在看电视的我，突然听到一阵熟悉的“哒哒哒哒哒哒”的声音。不知啥子时候，辣辣米居然已经站起来了，正笑眯眯地跑到我面前要求喝牛奶！

老实说，我也算经历风雨也见过彩虹的人了，不然非得被这过于戏剧性的一幕整出神经病了吧。对于我来说，米辣辣的重新站立行走，简直不亚于“中国人民站起来了”！

可惜的是，米辣辣的惊天一站很快就成了过眼云烟。在此后的日子，它依然像个匍匐前进的士兵，在我家地板上吃力地拖来拖去。

只是，米辣辣并没有如我悲观地预感活不了多久，它虽然偏偏倒倒，但是也磕磕碰碰迈进了新年。

## 十四、鸡头疗法

这次神经性脊髓炎的治疗，说实话最大的效果是米辣辣没有以前那么神经兮兮的了，但是效果真的不明显。特别是治疗那几天，简直完全萎靡了，天天躺在窝里不出来，过了几天才慢慢恢复到治疗前的状态。

虽然治疗无效，但是医生告诉我，长期吃鸡头对神经炎会有所改善，这让我又燃起了希望。

其实，当年米辣辣在郭姨家里时，汤伯伯看了我带给他们的那本日本养狗书，里面就提到鸡头营养丰富，非常适合狗食用。所以米辣辣在郭姨家里，就吃了整整三年的鸡头拌饭。

经过这次治疗，看到米辣辣被绑着打针输液灌药的可怜样子，再想到它年事已高，很多都是年纪大了带来的无法抗拒的老年性疾病，肾脏也不是很好，所以以调理为主的保守治疗无疑更适合米辣辣吧。

彷徨犹豫，挣扎良久我还是没有勇气使用高压锅，它在我眼里如同定时炸弹一样，我大概有高压锅恐惧症吧。所以每逢周末，我都会煮七个鸡头。鸡头非常坚硬，要煮七八个小时才能煮烂。需要注意的是，鸡嘴处比较尖利，无论如何都煮不烂，需要像拔鱼刺那样把鸡嘴处的尖壳拔掉，然后再将鸡头剁碎，拌饭食用。每天一个，余下存放冰箱。

吃了两个月后，辣辣米的后腿儿起色不大，但是，最明显的改善有如下两处：

第一，明显胖了，在我给它吹毛时，挣扎更激烈了！怒吼时候中气更足了！我一只手有时候已经抱不动它了，只好把它放在洗衣机上吹毛。

第二，最大也是最神奇的变化是，米辣辣的毛毛变得又浓又密，完全有资格给飘柔、海飞丝打广告，感觉它年轻时候都没有过这么一身飘逸美毛！

所以，发质欠佳的朋友，可以每天吃一个鸡脑壳啦！

后来，不知是坚持不懈地吃鸡头，还是我给它吃的各种稀奇古怪的保健品（唉，最迷茫的时候连透明质酸银杏叶之类都用上了，总之那段时间只要听人说啥子对米辣辣好，我都会弄来给米辣辣尝尝。不过各位敬请放心，我还是有底线的，这些都属于治不好也死不了的），更大的可能是随着天气的转暖，虽然启动时仍然像年久失修的老爷车那么费劲，但是米辣辣不再像匍匐前进穿越封锁线的士兵，居然可以慢慢站起来，歪歪扭扭像打醉拳般，可以在家里走上几步了，虽然走不了几步，又一屁股坐下了，但即便这样，也令我非常开心了。

经常看到大街上那些白发苍苍颤颤巍巍的老人家拄着拐杖缓缓前行，我就会非常羡慕地想：如果米辣辣会拄拐杖就好了，那样它就不会让尿把屁屁弄湿了！

我也不会这么烦恼了。

春天来了，我给米辣辣买了一个手推车，大爷太婆推着买菜那种，晚上没事就推着米辣辣上街散步，看稀奇。只见米辣辣端端正正地坐在车里，两只爪爪紧紧抓住车的边缘，目光淡然，睥睨众生，像个历经沧桑看破人世的白发老者，不对，白毛老者，拉风得不得了，经常引人驻足围观。

## 十五、最大的困扰

随着米辣辣后腿站不起来后，它的尿尿次数也骤然缩短，从每天七八次到一天只有两次。但是尿量非常可观，简直可以飘起拖鞋那种。据医生说，这是因为年纪大了，主管它尿意的神经也没有那么敏感了。

随着米辣辣后腿站不起来，一个严峻的现实摆在了我面前，那就是每次它尿尿的时候，因为无法站立，尿完之后，下半身就顺势泡在尿里了。幸运的是，那段时间，公司正在装修，我被恩准可以在家工作，所以我有足够的时间来解决这个棘手的问题。

每次米辣辣尿完，我都会在它的怒吼声中，一把将它拎起来，飞快打开热水器，冲洗，擦干，吹干。我简直像个流水线工人一般在很短的时间内一气呵成。

很多狗都痛恨吹风机，那个呜呜怪叫发出阵阵热风的吹风机，在它们眼中简直是个张着血盆大口的恶魔。米辣辣也不例外，它从小就痛恨吹风机，现在更像发了疯一样哭喊怒骂，声如洪钟地怒吼，龇牙咧嘴妄图咬我，四肢有力地乱蹬，有时候趁机拉出一截粑粑来示威，像个倚老卖老不分好歹的老无赖。

我在家的时候，一切好办。我只需买来足够大的成人尿不湿铺在米辣辣的窝里面，一旦尿尿我就只需对米辣辣进行及时的洗剪吹。但是我睡着了怎么办？我出门了怎么办？天气凉了怎么办？它泡在尿中感冒了怎么办？

我最担心的就是这个。米辣辣生存质量的高低先不提，我首先得解决它的尿尿粑粑问题啊。

正在这个时候，一个北京的狗友，也是当年米辣辣做网红时候的粉丝，她给了我很大的信心。她的北京狗六岁就瘫痪了，后腿儿只能拖着，但是经过她的精心照顾，在十六岁高龄才安然离世。

那位北京狗友找人给她的狗做了一个有点儿类似拖车的玩意儿，用狗的脖子和前胸固定，不但可以行走，最伟大的是解决了便便尿尿的问题。虽然她又是图片又是讲述，但是以我的资质还是有点儿似懂非懂。

不过这已经不再重要，重要的是她让我看到了希望！

可是，当我决定，无论如何不惜代价也要为米辣辣如法炮制这么一个既能行走，又能解决便便尿尿的神器时，我才发现那是如此不现实。

长期的无法行走，当时米辣辣的后腿已经完全变形，北京狗友的这个神器显然并不适用于我的米辣辣。然而我并不泄气，毕竟这件事情启发了我，我开始在网上，疯狂地寻找资料，希望能够帮助我的米辣辣过上有质量的狗生。

这期间，我甚至想出用一个小小的篮子，篮子里垫上尿不湿，绑在米辣辣的身下，这样的话，米辣辣的粑粑尿尿就会有篮子接住。好不容易踏破铁鞋无觅处找了个合适的小篮子，用软布绑在了米辣辣的身下，然而米辣辣的一个翻身就击碎了我苦心孤诣的美梦，那个篮子瞬间变成了一个帽子，扣在了米辣辣的头上。

## 十六、伟大的发明家

这期间，我当然不会放过尿不湿，可惜的是，市面上所有的狗尿不湿和婴儿尿不湿都不适合它，太大不说，还非常容易滑动，前一秒还在米辣辣的屁屁底下，后一秒就跑到它的前胸了。

某一天，在一个讲述20世纪70年代知青故事的小说中，我看到一段女主角初潮来临的描写，就像劈过闪电一样，我混沌的大脑突然间灵感大动。既然市面上所有的尿不湿拖车轮椅都不适合米辣辣，我何不自己做一个呢？

我要做的，就是一个结合了20世纪70年代女主角的月经带和尿不湿的高科技神器。当时我的脑海里已经有了清晰的画面。

思前想后，我决定挑战自己的智商，给我的米辣辣特制一个能够把屁屁和两条后腿稳稳地牢牢地抱住的那种布袋，布袋上面固定着类似尿不湿的吸水材料。其实，通过米辣辣试用小篮子和各类尿不湿，我早就发现了，把这些东西或绑或安在它身上，并不难，难的是固定，怎么能让它不移位才是首要问题，不然米辣辣翻个身就前功尽弃了。

从此，我如同科学怪人爱因斯坦附体，一天到晚神思恍惚心不在焉，一门心思要为我的老米米钻研发明，彻底解决粑粑尿尿的问题。

这段时间，我经常摆弄米辣辣，不顾它的挣扎怒骂，像个敬业的老裁缝一样丈量着各种尺寸，反复修改，很快就做了一件特制的布袋。它类似于狗狗的单衣，整体是四方形的，上面有两个洞，供狗狗两只爪爪从里面穿出，然后再从背上系带固定。

真正的玄机就在这件单衣里面，事实上，它仅仅是个载体，它的主要功能就是起到固定作用。它穿在米辣辣身上，米辣辣如何挣扎翻滚，都不会脱落，更不会移位。那么，固定在单衣里面的那种吸水材料，是不是就这样像长在米辣辣身上一样牢固了呢？

我真是一个伟大的发明家。

我记得，在这个单衣里面，我大大小小一共缝上了四片规格不同品牌不同的卫生巾。关于选择卫生巾也是一门学问，我记得那段时间，经常满满当当提一大袋各种品牌各种规格的卫生巾，一一试之，最后终于找到无论是吸水性还是规格大小，都最合适的那三款了。那两年，因为过于频繁地出现在超市，购买大包小包的卫生巾，我遭受了营业员大姐质疑的目光。

于是，每天晚上，我先把四片卫生巾缝在这个单衣上，然后给米辣辣穿上，第二天早晨，再把浸满了尿液的单衣换下，重新换上一件干爽的。那种单衣，我一共做了八个，反复替换。

天气热了，厚厚的单衣当然得脱下了。不过如今也难不倒我了，我在宜家买了一个四四方方的，用来放花盆的那种小木垫。它离地仅仅三厘米，矮矮的，就像被锯掉四条腿的小方桌，真是踏破铁鞋无觅处哇！

我找人用电钻把桌面钻满了小洞洞，桌面上于是布满了密密麻麻的小洞。白天我上班的时候，只需把米辣辣放在这张千疮百孔漏洞百出的小方桌上，即使它尿尿了，尿也可以马上通过密密麻麻的小洞洞漏出，保持了屁屁的干爽。

米辣辣生存的难题，被一个伟大的发明家一一解决了。就是这两件小小的发明，让米辣辣安然度过了整整两个春秋冬夏。

以后的日子，我经常对米辣辣说，最坏的结果我也想到了，米，你休想吓到我！

我的朋友也对我说，常言道，祸害活千年，米辣辣这个坏狗不会这么轻易就放过你的，它肯定还会折磨你好几年！

## 十七、昙花一现的行走

如今，米辣辣已经老得稀里又哗啦了，我自作多情的亲吻也好，抚摸也好，说话也好，经常是激起它愤怒的咆哮和咬牙切齿的撕咬。有一天，我试着给米辣辣按摩了一下，它的被迫害妄想症顿时发作，拼死挣扎愤怒咆哮张嘴就咬，本来一件非常温馨的事情弄得像杀猪一样！

牙齿掉得差不多了的米辣辣自然没法再吃狗粮了，吃的是我用黑米、燕麦、玉米、红枣、枸杞、山药、红萝卜、鸡肉这些我认为有营养的食材熬制的新狗粮，再拌上鸡头，滴几滴橄榄油，中途还混杂葡萄糖胺一颗（葡立），搓成丸子的归芍地黄丸若干。

就连牛奶，也是暗藏玄机的。那小半碗牛奶里面加了磷脂维E（活化细胞，抗衰老）、钙奶片、葡萄糖胺、辅酶Q10，银杏叶胶囊（免得它真的老糊涂了，不过它是否老糊涂了还真不好判断，它从小就是一只神经兮兮的古怪坏狗）。

上述种种，有些是我做营养师的朋友给我推荐的，也有的纯属是我自己的臆想。这些东西基本属于保健品的范畴，就算吃不好也吃不死的那种。米辣辣如果是个人的话，恐怕如今也是个白发苍苍颤颤巍巍拄着拐杖，倚老卖老嘴里不干不净的老爷爷了，我才不相信抬到医院里，打打吊针就可以扔掉拐杖“起死回春”了呢！只有自己慢慢摸索着慢慢调理吧。

这个时期，发生了一桩奇事。

前晚我给米辣辣洗了个澡，它同往常一样暴跳如雷咆哮不止，咬我咬梳子咬吹风机咬剪刀，当然都被我灵巧熟练地躲开了。我边洗边感慨老东西没有白吃那么多的鸡头还有那堆乱七八糟的保健品，怒吼哭骂那个中气之足哇，挣扎乱蹬那个腿儿之有力呀。浴后的米辣辣就像一颗白白胖胖的花生米，依稀有些年轻时的模样。

就在第二天早晨，睡梦中，我突然听到一阵久违的“哒哒哒哒哒哒……”声音，感觉有一匹小马驹正在地板上奔腾！

定睛一看，我的天，米辣辣不晓得啥子时候已经站了起来，正偏偏倒倒地在偌大的客厅里散步！

这一站，对于我来说，简直不亚于当初“中国人民从此站起来了”的意义！

事后据我分析，估计是因为米辣辣洗澡时候拼死挣扎，无意中打通了任督二脉，才让它站了起来。

可是它站起来后第一件事情是啥子呢，估计大家想破头也想不到吧！

它站起来的第一件事，就是偏偏倒倒来到了阔别已久的厨房，开始如饥似渴如醉如痴地翻垃圾桶，那种热情就像对久别重逢的情人一样！

米辣辣的站立行走只是昙花一现，很快又整天窝在窝里，或者像匍匐前进的士兵一样在我家爬来爬去，但是我毕竟受到了很大的鼓励。

虽然米辣辣已经年老昏聩了，但是出于一种对我本能的依恋，即使在它状况最差的时候，哪怕慢慢地一步一步匍匐前行，它经常都会固执地挪到我的电脑椅下，然后安心地趴着，或睡觉，或发呆。

## 十八、趁你还是三维米

我的米辣辣已经十七岁了。

平时我很喜欢替别人的狗熟练地计算年龄，可是那几年，我已经失去了计算米辣辣年龄的勇气，不要说远远超过我的年岁，甚至比我家里任何一个人，我所认识的任何一个人都还要老。

十七岁的狗，相当于人的年龄的一百二十六岁。

十七岁的米辣辣，不仅耳朵听不到，后腿站不起来，眼睛也看不到了。

这段时间以来，我已经逐渐开始接受，终有一天，不得不黑发人送白毛狗的事实。我所能够做的，就是在它的有生之年，更好地照顾它，更多地陪伴它，多抚摸它，亲吻它，和它说话。

我经常这样对米辣辣说：“米，趁着如今你还是三维的，我要多陪陪你，多看看你，多和你说说话，免得有一天只能看见二维的照片米了，才觉得‘此情可待成追忆，只是当时已惘然’！”

你不认识我了，有什么关系，只要我能认识你就行了。

就算有一天，你连我的爱也无法感受了，那也没有关系，能和三维米在一起，已经足令我开心了。

米辣辣每次尿尿后，我为它清洁沐浴吹干之后，总是不忘把它拎起来，细细查看研讨一番，像个挑剔的主妇在菜市场精心挑选肥鸭。实际上因为它后腿儿无法站立，行走间免不了在地板上摩擦，很容易皮肤感染（已经有数次了，都被我及时发现后治愈）。米辣辣对于我这种行为相当反感，视为奇耻大辱，气得发抖，愤怒咆哮，以示抗议。

某一天，我拎起米擦尿尿的时候，突然想到我的米辣辣这么老了还能和我在一起，真是美妙真是幸福无比呀！

我的米呀！只要你是活着的温软的就好！瞬间自己把自己感动了，俯身欲亲米辣辣毛茸茸的脑壳，正鬼火乱冒的米辣辣张口就咬，幸好未遂。这个老东西从来就没有一颗感恩的心，不过我早就习以为常宠辱不惊了。

关于生死的问题，这些日子我不断地思考，我已经接受了米米逐渐年老的事实，以后的日子，我还不得不接受永远失去的事实。但是人生本来就是一场旅行啊，天下终究没有不散的筵席。我们能够做的，就是多花时间陪陪它们，尽量让它们开心。这样，我们在它们三维时候做得尽可能好一点儿，当它们二维的时候，才会少一点儿歉疚吧。

我们相依为命十四年（因为生计原因，米辣辣曾经被我送走了三年，我以为今生再也不能拥有我的米了，后来机缘巧合米又回到了我的身边）。我们在一起曾经那么快乐，那么多的快乐往事，那么多的点点滴滴呀，除了不舍，真的没有遗憾。

对于米辣辣的心态，我一直在调整，现在已经调整到历史最低点了，那就是，它走的时候不痛苦。如果它能安静地走，最好；如果走得痛苦，就安乐。

当这一天终于慢慢来临的时候，我比自己想象得冷静。无论如何，我今日的伤悲，是很多人曾经的伤悲和未来的伤悲，是我们每个人都无法逃离的伤悲，生离死别的伤悲。

那段时间米辣辣整日昏睡，食之甚少。更可怕的是，在它的腿上，我发现了一个绿豆大小的褥疮。我马上到同仁堂去买了治疗褥疮的膏药，那个时候，我隐隐就有一种预感，离别的日子近了。

## 十九、最后的日子

买来治疗褥疮的膏药，我每天都会无比虔诚地替米辣辣涂抹上。

我属于晕血那种人，可是面对米的褥疮，我却能如此冷静、耐心、细致地清洗伤口、处理创面、上药包扎。因为碘伏的喷口不好用，我就小心地把碘伏倒在米的创口上，绛红的碘伏让米辣辣感觉好像一只被淋上了酱油码味的肥鸭，等会儿就要被下锅烹饪了。

面对米的创口，我真的好希望米是一根莴笋、一棵白菜或是一个土豆，这样的话只需把溃烂的部分切掉就好了，或是根豇豆也不错，把坏掉的部分掐掉就行。可惜米不是莴笋不是白菜不是土豆也不是豇豆，虽然我精心治疗，但是褥疮并没有好转，甚至越来越严重了。我铺上软和舒服的毯子，这样它躺着会稍微好受些吧。即使这样，米辣辣还是那么凶，如果我不小心弄痛了它，张嘴就咬！真是不知好歹的坏狗。

除了越来越严重的褥疮，米辣辣逐渐水米不进，整日昏睡，事实上，那个时候的它生命已经逐渐走到了尽头，已经进入了弥留期。

我发现自己一悲伤就有异食癖，就会吃一些平常根本不会吃的东西。当初米花花病危的时候，每当我悲伤难耐的时候，就去隔壁买个包子，慢慢咽下。如今我爱上吃榴梿了，每天吃半个（榴梿不能多吃，会吃死人的，半个就是极限了）。只有每晚吃榴梿的时候，在榴梿特殊的香甜中，我的内心才能有短暂的平静。

那天，本来以为米辣辣已经不行了，上午都在哼哼唧唧，连脖子都有气无力地耷拉下来了，我给钟兰打了电话，钟兰扛着十字镐飞驰而来，看到米气若游丝的样子也忍不住落泪了。但那个时候，可能是见到了丈母娘，米的精神状态反而好了些，筷子尾巴甚至有气无力地摇了两下。

我和钟兰见状，觉得还可以让米辣辣多停留几天。她马上表示这几天不再出门流窜，时刻待在家里，准备好十字镐待命。在此之前，我们已经为米选择了一个风水宝地。

其实，当钟兰接到我哭着说米不行了的电话时，她正跟老公在百货公司买裤子，买了之后排队等着改裤长。她在电话里大声地安慰我："你不要难过，它岁数那么大了，这一天是迟早的事……"她前面排队的人们以为她说的是即将离世的老人，马上让她加塞儿改了裤子。世界上还是好心人多呀！

好朋友的爸爸不幸绝症到了晚期，却遭遇家人的冷漠相对（除了我那善良的朋友）。在离开人世的前夕，那个孤独的老人当时的绝望估计远远大于病痛的折磨吧！突然间，我觉得米辣辣一点儿也不可怜，我那么爱它，当无力回天的时候，我用了最大的努力来陪伴它，缓解它的痛苦。就算走了，我的米也会带着人世间的温情与眷恋去天堂。

电话召回钟兰的第二天，一扫多时的阴霾，成都的涤秋，难得的晴空万里，阳光灿烂。我把米辣辣的窝放在阳台上，让气息微弱的米辣辣沐浴在一片秋日的艳阳里，心里突然有说不出的满足：我的米辣辣又能在这个世界上多待一天，真好！

## 二十、再见了，米辣辣！

窗外阳光灿烂，可是就在今天，我永远失去了我的米辣辣……

十七年的相伴，十七年的快乐点滴，就在那个阳光灿烂的秋天，我永远失去了我的米辣辣。

我给它洗了最后一次澡，虽然它已经僵硬没有知觉了，但是我觉得水不够热，仍然耐心地调了水温，生怕冷到了我的米辣辣。这是第一次也是最后一次，我在给它吹毛剪指甲梳毛时，它没有咬我。

我剪下了它的一撮白毛毛，用皮筋拴好，这是我对于米辣辣，今生最后的纪念了。

剪毛的时候，我一不小心居然剪下了它的一小块皮肉（它生前我绝对从来没有犯过这么低级的错误），虽然知道它已经没有知觉了，可是我仍然心疼不已。

我用自己穿过的睡衣包裹它小小的身体，衣服上面留有我的气息，在黑暗的地下，我希望我的气息能陪伴着它。来生，它能再循着我的气息，顺利找到我。

我相信，总有一天，我到天堂的第一天，天堂的门口，第一个迎接我的就是“汪汪汪”的米辣辣。只是那个时候我多半已经成了白发老妖女，它是否还会认出我？

谢谢你陪伴了我那么久，

我永远爱你，你永远在我心底！

再见了，米辣辣……

## 二十一、想米的三百六十五天

米走的第二天。

迷迷糊糊的睡梦中，我被活活痛醒了。恢复神志后的第一个念头就是，我再也见不到我的米辣辣了。心痛欲裂，心如刀绞。

晚上，我来到了安葬米辣辣的升仙湖。我再也无法抱着它，感受它温暖的气息，我只能默默地蹲在地上，轻轻地抚摸着冰凉的泥土，那下面永远埋葬着我最亲爱的米。永别了，米。总有一天，我们天堂见。

我从来不认为“问世间情为何物，只教人生死相许”，描述的仅仅是男女之情，翻脸无情的男女实在太多。爱是人世间最可怕最强悍的东西，足以摧毁最坚强的灵魂。任世间最美的笔，也描不出你的可爱，我对你的爱，以及如今痛彻心扉的悲伤与思念。

我从来没有携带纸巾的习惯，可是如今不得不随身携带。我的眼泪，随时都会奔涌而出。十七年的美好记忆，换我三十天（病重十一天，最痛苦的日子就算有十九天吧）的悲伤以及一生的思念，对于我来说仍然是最合算的“买卖”。如果时光流转，我依然会毫不犹豫地把我的双手伸向你——当年海南岛那个半夜差点儿被扔到楼下的小狗。

米走的第三天，我梦见了它，在乱哄哄的列车上。梦中它居然被绑架了，而“绑匪”居然把它交到了专门认领失物的机构，让我去认领。清晨醒来，我已经平静了很多，只是很后悔梦中没有好好地抱抱它，亲亲它，大概我已经接受了米已经离去的事实吧。我爱它，它永远活在我的记忆里。

最悲伤的时候也是最脆弱的时候。走在大街上，飘来的每一首歌都能让我掉眼泪。最神奇的是电视上有人张牙舞爪地唱《最炫民族风》，屏幕上的歌词“火辣辣的歌谣是我们的期待……”，结果被老眼昏花的我看成了“米辣辣的歌谣是我们的期待……”顿时流泪不止。

米乱七八糟的遗产还真不少。那些有保质期的，琳琅满目的各种保健品营养品（不然它也活不到十七岁啊）都送了它的丈母娘钟兰，让她家的老狗妮可继承吧。它平时用的东西，包括我亲手为它发明的尿裤，我都舍不得扔掉。我会买一个专门的箱子，把米的遗物都收藏起来，作为我对米永远的纪念。

米走的第四天，侬今葬狗人笑痴，他年葬侬知是谁？

米走的第五天，为了安慰我那颗破碎的心，我的好友米的丈母娘钟兰设法给我弄了一只小黑狗，尽管我的家人坚决反对。他们不希望我再养狗了，怕我再伤心。刚刚给她打了电话，得知小黑黑已经在路上了，心情是非常复杂的。眼泪又下来了。虽然米走了才第五天，我感觉我们已经好久不见了，亲爱的米，我很想你。

米走的第六天，仅仅第六天，我基本上恢复正常了，我的内心已经完全接受了现实。我的自我修复能力大大出乎了我的意料，我照样吃饭，上班，看书，睡觉，散步，偶尔逛逛街，和平常没有什么两样，只是我的生命中再也没有和我相伴17年的米，深爱的米。没有又能如何？我还是要照样生活，只能把你埋在我的内心，深不见底的内心，永远想你，爱你。

“即使/心被炸得粉碎/血如井喷/我也能安之若素/安之若素。”很喜欢艾略特的这首诗，也符合我现在的心境。生离死别固然是人生的大恸，但是我们却无能为力。除了悲伤，我们唯一能做的就是珍惜那些值得珍惜的人。谢谢那些在我最痛苦时候安慰过我的朋友，天堂的米会保佑所有善良的人。

这个世界还有爱吗？当然有的。即使米在最痛苦的弥留时期，只要我把手放在它的身上，它感受到了我的触摸，筷子似的尾巴也会马上微微摇摆。人与动物之间的爱，往往是最纯洁最真挚最深情的。

米站不起来，眼睛看不到了，甚至连耳朵都听不到了，差不多已经有两年了吧。漫长的两年哪，照顾一只站不起来眼睛看不到耳朵听不到的狗，多少还是有点儿辛苦吧，但我真的没有这种感觉啊。对于我来说，就像刷牙洗脸一样自然。奇怪的是，我如今脑海中浮现的，都是它健康时候可爱的样子，还有那些美好快乐的点点滴滴……

米走的第七天，今天是米的头七，我要去看米（七日不见，仿佛已经隔世）。对于给不给米烧纸我纠结了一下：米脑子一向不灵光（绝对没有贬损它的意思），时而清醒时而糊涂，身携巨款如果被心怀叵测的人觊觎，如今在另一个世界，没有了我的庇护，米估计会比较危险的。罢了，暂且不烧吧。但愿另一个世界有人像我一样照顾米。谢谢了！

头七又有“回魂夜”的说法（貌似香港鬼片看多了吧）。据民间说法，晚上我要为米准备一顿它生前最爱吃的肉肉饭，然后上床睡去（如果见面的话会令它留恋尘世，影响它的投胎转世）。原来即使在回魂夜，我们也是不能相见的，有点儿失望，但还是希望它能回来，更希望我的米转世为“富二代”，成为高富帅。

晚上我照例给米做了顿肉肉饭，鸡肉切碎拌以米饭、鸡汤、橄榄油再加一小勺肾康，比它平时吃的稍逊。本来想放到地上，又担心小黑黑会趁机吃掉，然后不幸胀死。思忖一下，还是放到桌子上，米既然已经成了魂魄，应该可以飘起来的，它完全可以飘起来吃呀。希望今晚米能回家吃它爱吃的肉肉饭。

米辣辣就这样永远地走了。

它的故事也讲完了。

我会一直想它，直到我生命的终点。

世上有万般情义，

唯有爱永远不会忘记。

附诗一首。

## 想念我的米

曾经，我很喜欢吃米老头，

后来，我发誓再也不吃米老头。

莫非，我又发了什么神经，

非要和米老头较劲？

其实，我和米老头，

真的有一段爱恨情仇。

我的米辣辣就被人叫作“米老头”，

我和我的朋友都这样叫它，
十七岁了，它真的是个老头。
有一天，我的米老头走了。
走在街上，
任何一首歌我都会流泪。
就连《最炫民族风》，
里面有句“火辣辣的歌谣是我们的期待”。
我也哭了。
路人觉得我有病啊，
神曲也能感动落泪。
其实他不知道，
火辣辣真的好像米辣辣。
拥挤的公交车上，
突然有人大喊一声：
米——老——头！
原来是车上在放米老头的广告，
我的眼泪掉下来了。
我真的好想我的米老头。

注：米老头是成都当地的一种食品。

# 我和一条狗的爱恨情仇

谨以此文，献给我最亲爱的梦露。

一个冬日的下午，我抱着你去打针。你穿着我为你亲手缝制的粉底碎花的棉衣（由于年老的原因，你越来越怕冷，所以每个冬天我都挑选最漂亮的花绒布和最柔软的棉花亲手为你缝制厚厚的棉衣），棉衣越缝越厚，有点儿像防弹背心，穿在你身上有几分滑稽。可在我怀里的你仍微微颤抖。你的身躯日益沉重，走不了几步就不得不停下来歇口气。在冬日刺眼的阳光下，你毛发凌乱，黯淡无光，眼神淡漠，沉默安静。忽然间，我意识到了一个可怕的事实：有一天我终于会失去你。

我的心里顿时充满了忧郁与恐惧。

我的宝贝啊，你正一天天老去……你今年已九岁了，九岁于人是多少岁？我不知道也不愿知道。虽然我对于人狗年龄换算的公式早已烂熟于心，还经常煞有介事地帮别人的狗换算，可是我不肯替你计算啊，我的宝贝，我只是不愿面对你日益衰老的事实。

的确，你的身躯日益肥胖，你的毛发渐枯，你的步履蹒跚，连你最喜欢的沙发也要跳好多次才能勉勉强强地跳上去。你们狗类引以为自豪的听力也大不如以前了，经常走到你的面前你才悚然惊觉。每天除了心不在焉地吃几口饭，事实上，更多的时间你终日昏睡。你喜欢睡在阳光照射的地方，夏天也是如此啊。这情景，很像一个阅尽沧桑的老人坐在一把破旧的椅子上打盹儿，偶尔眯着眼睛回忆前尘往事。

一、初遇

在遇见你之前，我对于动物的认识和大多数国人一样，鸡可以吃辣子鸡丁，兔子可以吃凉拌兔丁。至于狗嘛，我对它的了解仅限于炖汤，狂犬病。请原谅我的无知。

那一天在朋友家里百无聊赖东拉西扯，他忽然扯到亲戚家的狗下小崽儿了。我顿时来了精神，连连催他带我去看看，对于生小猫小狗之类的我还是很感兴趣的。

刚一进门，一大群毛色各异的狗就突然从里间冲出，冲我们狂吠不已，仿佛我们是冲入它们领地的敌人。我被吓得花容失色尖叫不已，加入了狗们的大合唱。

朋友大声呵斥并努力把它们赶回房间，更得到它们阵阵愤怒的吠叫，从左边赶走又从右边钻出，真是按下葫芦浮起瓢。正当我魂飞魄散欲逃之夭夭之际，从里间慢慢“踱”出了一团巴掌大的毛茸茸、胖乎乎的小东西。之所以用“踱”这个字，是因为你不慌不忙、从容中带着几分慵懒的步态，像极了小小的遗世独立的隐者。这混乱的场面仿佛与你无关，长辈们的大惊小怪只能让你嗤之以鼻，就这样气定神闲地向另一间房踱去，你甚至没有回头看我们一眼。

我忍不住俯身捧起了你，圆乎乎、毛茸茸的脸上黑黑的小纽扣鼻，每次仿佛只能塞两粒米的小嘴巴微张着，俏皮地露出一小截粉色的小舌头。一双稚气甜美的黑眼珠一错不错地盯着我，透着好奇和探究，还微微有点儿紧张。这时候你忽然耸了耸纽扣鼻，打了一个蚊子都不会被吓到的小喷嚏，然后仿佛有点儿不好意思，小小的身体在我手里不安地扭动起来，脸也扭过，装模作样看墙上的画，仿佛为自己的失礼而惭愧。

那一瞬间，一种从未有过的柔情在我心里悄然滋生，像一场春雨后野地忽然开出的花，又像夏日的爬山虎瞬间长满了我心中的每一个角落。

就这样，我把你带回了家。如今很多东西都模糊了，可那个秋日的黄昏在我心里依然清晰。

那是我们家建设史上最辉煌的时期，正大兴土木装修房间，好一派兵荒马乱。我自知理亏，一进门就直奔卧室，不料仍被眼尖的妈妈发现手中的异物，尖叫后大声责备——她是个有洁癖并且喜欢抱怨的人。爸爸则唉声叹气仿佛到了世界末日一般，他是个悲观的人，妈妈的喜怒总是迅速影响着他的情绪。婆婆则开始痛说革命家史，回忆起幼时如何被恶犬追杀的如烟往事。只有妹妹欢天喜地，翻箱倒柜找出旧衣准备为你做窝。她的行为理所当然地遭到了呵斥。

我心虚理亏，因此破例没有应战，只是小心地把你放在地上。只见你前肢伸直，后腿拖后，先舒舒服服地伸了个懒腰，然后抖抖毛，仿佛想甩掉那么多的不友好。这时家里一下子安静下来。

你以你特有的不慌不忙从容不迫的步伐踱步，可能不习惯我家的地砖，你忽然脚底一滑，摔了个四脚朝天。你艰难地蠕动着，好不容易翻了身，却并不急于起身，露出了温热的小肚皮，稚嫩的顽皮的黑眼睛仿佛在说："喂，抱我起来呀！”一时间，我听见了家人的笑声。

第二天，我还在睡梦中，就听见妈妈轻柔的声音：“胖胖，喝牛奶，乖嘛。”这实在久违了的声音让我有点儿恍惚了，仿佛若干年前妈妈在哄着不肯吃饭的我。我的眼睛有点儿湿润了。

关于你的名字，连从不问家政的爸爸也为你献计“小花”，这缺乏想象的名字理所当然被家人嘲笑。妈妈起的是“胖胖”，可是光我们院中就有好几个“胖胖”了，不免有剽窃之嫌。婆婆起的名字更上一层楼——“美胖”，意思是美丽的胖子，可终究没有脱离胖胖的窠臼。妹妹起的是“淘淘”，是当时热门卡通片中的一只调皮的兔子，显得缺乏新意。最后拍板的当然是我，经济基础决定上层建筑嘛，我是真正的买家呀。玛丽莲·梦露是我心目中最美的女人。你就叫姚梦露吧！

## 二、快乐时光

我找来干净的纸箱，铺上厚厚的旧衣给你做了一个舒服又温暖的窝，放在沙发上。你还太小，我又用纸盒给你搭了楼梯，以便你可以轻松跃上。我把眼药水瓶洗净给你做奶瓶喂你牛奶，你皱着眉头边喝边吐，气得我打了你一巴掌。我在你的头顶上扎了个火柴棍大小的冲天炮，绑了一只小小的蝴蝶结，你圆乎乎的毛脸，显得更加稚气甜美。我甚至无师自通地为你缝制了一件蕾丝花边的小衣服，可惜有点儿紧了，穿的时候你龇牙咧嘴冒火得很。

带你回家的第二天，我就去了当时的五块石狗市，买了你吃饭喝水的小盆小碗，小梳子，还有一大沓书。从此我再也没有停止过买与养护狗狗相关的书，哪怕只有一小段有用我也会毫不犹豫地整本买下。我一直坚持这么一个观点：爱你，就要了解你。

我开始夜以继日地挑灯苦读，尽管很多地方似懂非懂。爸爸忍不住挖苦道："若以往这么用功，凭你的资质，北大清华应该没问题。"我假装没有听见。可是我很快发现，那时候几乎所有的书都是千篇一律互相抄袭的。更让我反感的是书的后面几乎都有如何烹制狗肉或是利用毛皮之类的"知识"。后来我只买国外翻译过来的书，因为它们图片精美，文笔优美，感情真挚，充满了朴素的人文思想，而且还有史料价值。比如《狗的秘密生活》《狗的故事》《再见了，可鲁》等。

你一点点长大了，像一只胖胖的毛拖鞋，你的每一点成长都让我们惊喜，你的每一点意外都让我们担忧不已。

在你来临之前，我的家沉闷而刻板，可是你给我还有我的家人带来了无限的欢乐。所以有了你之后，关于家的记忆变得亲切温暖起来。

你真是一个奇妙的小东西，毛茸茸的，像个胖乎乎的绒布玩具。一次抱你出门，旁边一个女孩突然惊叫起来：“是个活的啊，我还以为你抱的是玩具！太可爱啦！”

可是这个玩具却有思想，还有感情。有一次我外出几天，回来时你激动得声音都变调了，发出一种奇怪的类似鸟鸣的声音。你扑在我的腿上，小小的尾巴仿佛充足了电，不停地摇啊摇都快摇到了外婆桥。听妈妈说这几天你都没睡好，任何时候都站在沙发上（沙发在门边），两只胖胖的前肢搭在沙发扶手上，竖着耳朵，注视着门外，不管家人如何劝你，你都固执地保持着这个姿势，害得家里人也跟着失眠了。

我仿佛看见漆黑的夜里，一只毛茸茸、胖乎乎的小狗就这样沉默又坚定地望着房门，等着我的归来。在你单纯的心中，我无疑是你的全部。

幼时的你精力充沛、憨稚顽劣，常常让我们哭笑不得。你喜欢把垃圾桶里的东西很有耐心地一一翻出，客厅立刻成了垃圾场。我不敢想象这样做的后果，可是你却往往是被纵容的。你还喜欢在厨房里东钻西钻，在锅边蹭来蹭去，弄得脸上乌黑一团，像个小小的包青天。你的滑稽亮相总让家人哄然大笑。你甚至把我的钱撕得粉碎，仿佛跟它有仇一样。当时我家由于装修，我睡的是床垫，你早就可以轻松跃上。所以每天早上我都是被你在身上练跑步，或在我的头上乱挖一气仿佛要挖出一口井弄醒的。我忍无可忍大吼一声，睁眼却看见一张稚气甜美的毛脸，黑眼珠子调皮地望着我，好像在说 :“你能把我怎么样？气死你！”

我只好投降。那时候家里几乎所有你能够得着的东西，鞋子、皮包、书、家具都有你或重或轻的牙印。

我唯一爱好的零食就是瓜子。我觉得夜里躺在床上边嗑瓜子边看一本有趣的书实乃享受。可是这小小的爱好也被你剥夺了，因为你也爱上了瓜子。我实在不胜其烦，只好趁你熟睡之际，像做贼一样，摸出一颗，轻轻嗑破。不料这轻得可以忽略的声音，也会让你忽然惊觉，昂头警觉地看我一眼，随即跳了过来。我只得暗叫一声糟糕！你已经踩在我的胸口，压得我胸口一阵发闷，伸长脖子，毛脸几乎贴在我的脸上，我们都可以互相交换二氧化碳了，就差像福尔摩斯拿了放大镜，疑惑地嗅着我嘴里的瓜子香气。得到证实后你立刻恼怒地狂吠起来，仿佛在抱怨我吃独食不讲义气，气愤中还有委屈。我总像被捉了赃的贼理亏得很，把剥好的瓜子送进那愤怒的无底洞，动作稍慢，那洞里就会传来一阵咆哮。你就是这么理直气壮地吃定了我。

我知道我太溺爱你，况且还有比我更溺爱你的家人。我开始隐隐地担忧。

你越来越任性。有一天家人出去吃饭，酒楼不能带宠物，我们只好把你留在了家里。临走时，我们把家里所有的灯打开，房间里的每一个角落都像撒耗子药一样洒着你爱吃的旺仔小馒头、亨氏磨牙棒。可是当我们吃完饭后急急赶回家，一进门差点儿晕倒，家里大大小小数十双鞋全部被摆放在了我的床上。你做了两个小时的苦工来作为对我们不带你出去的报复。

你变成了一个坏东西。

### 三、情变

的确，我和我的家人宠坏了你。

那一次，我准备带你出去玩。因为是冬天，给你穿上我亲手为你缝制的花绒布的小棉袄，围上我的真丝围巾，甚至还给你戴上婆婆亲手给你织的小手套——这是你冬日里每次外出玩耍的行头。偏巧这时楼下正好有人叫我。

前后不过几分钟，等我回到家时，家里仿佛遭到了浩劫。你的围巾已经被撕烂，手套被甩在了床底，枕头被扔在了地上，被子被抓得乱七八糟，一半在床上一半在地上。报纸被撕得粉碎，床头柜上的水杯被打翻。你气呼呼地坐在床上，旁边是一摊新鲜的尿迹。

你这个小心眼的坏东西，见我撇下你走了，以为我独自偷欢去了，暴跳如雷之下你大搞破坏。即使这样，我只是用报纸棒吓唬吓唬你。可是你倔强顽抗的模样仿佛钟兰再生。

你对饮食也越来越挑剔，这一点让我可怜的妈妈烦恼无比，她不得不绞尽脑汁变换花样为你做饭。可你经常对我妈呕心沥血、刻苦创新做出来的美食不屑一顾。在我的印象中，你甚至吃过大白兔奶糖拌饭。显然我妈快被你逼疯了。即使爱吃的，也仅仅吃一顿就喊了。纵然想象力再丰富，可一年有三百六十五天哪！所以我妈经常处于一种冥思苦想的状态。

有一阵你忽然对我们当地的王鸭子感兴趣了，并且连吃两顿（也仅仅两顿而已），我妈自然大喜过望，在她实在无计可施之际就使出杀手锏去买半只鸭子，剔下腿上精肉剁细拌上米饭。你也很给面子，总是埋头勤勤恳恳地吃得一粒不剩。有一次在你厌食后，我妈只好使出她屡试不爽的绝招，吩咐我爸去买了半只王鸭子。买来后照例剔肉剁细拌上米饭，放在地上，已绝食一天的你眼睛倏地一亮，从蜗居的沙发跃下，把头埋在碗里，“好香啊！”正欲大快朵颐，且慢！只见你忽然停止了动作，狐疑地抽动着纽扣鼻，半晌你抬起头来，轻蔑地瞟了我爸一眼，迈着你特有的方步，扬长而去。

见这阵势，我爸早就心虚气短，只好老实招了。原来他看见王鸭子店门前排队的人颇多，就图方便买了隔壁的李鸭子。

正在这个时候，发生了一件事。

简短地说，我的一个女友养了一条叫小公主的小狗，可是小公主并没有享受到公主的待遇。我那女友是个昼伏夜出的人，再加上那段时间她正为情所困难免疯癫，所以小公主几乎成了弃儿。灰头土脸不说，眼睛都绿了，第一次见面差点儿把我的手指头嚼来吃了。我起了怜意，犹豫半晌，决定收养它，并且为它起名姚铁梅，也算归了宗认了祖。

可是我没有想到，因为梅梅的到来，我和你一年又两个月的快乐时光从此结束了。那时候我已搬了出去，你仍然留在家里。

我抱着梅梅一进门，你照样兴奋地“汪汪”叫着，扑来欲行狗族大礼。可是当你看见我手中的梅梅时，一切都静止了，包括我们在一起的快乐时光。你明显惊愕地退后几步，仿佛不相信自己的眼睛，自己最亲爱的主人居然抱着别的狗狗出现的事实显然刺痛了你脆弱的狗心。你一向是那么骄傲又任性。

你发出一阵尖叫，然后是愤怒地狂叫，顿时有液体从你的眼里喷涌而出，泪飞顿作倾盆雨，打湿了你的毛脸，打湿了地板，我妈在呵斥我的过程中差点儿滑倒。

你的吠叫已经变音，眼泪汹涌而出，此时此刻，一颗狗心仿佛已经破碎。我被你愤怒又伤心的样子吓住了，抱着梅梅呆呆地站在门口，进也不是退也不是，连我妈的呵斥都没有听见。最后在我妈的强烈要求下，我把早已吓得面无狗色的梅梅拴在了楼梯上。它对我家唯一一次拜访就在门前戛然而止。

那一天应该算是纪念日吧，从此你视我为陌路。

那一颗狗心再也唤不回了。你从此拒绝我的亲近，再也不听从我的呼唤。连你最爱吃的瓜子，剥好了放在你嘴边，你也冷淡地扭过脸去，仿佛拒腐蚀永不沾的共产党员。可是递给家人喂你，你马上津津有味地吃了起来。我一回家，敲门时照例可以听见你欢快的吠叫，心中一喜，可开门见是我，你愣了一下，转身就走。我和妹妹一起回家，若我走在前，你必绕过我，和妹妹亲亲热热地嬉戏玩耍行狗族大礼，仿佛我是透明人。我若抱你，要么拼死挣扎，喉咙里发出阵阵威胁的低吼；要么干脆像一条死鱼样，软绵绵地一动不动，闭着眼睛，始终不肯看我。

我最亲爱的梦露啊，就这样和我终成陌路。

我们之间的恩怨情仇甚至引起了当地媒体的兴趣，登了一篇名为《一块拒绝融化的冰》的奇文。照片上，我抱着你深情款款，你则表情木然。

四、病中

日子就这样一天天过去。时间并没有化解你对我的怨恨。在这一点上，全家破例统一起来，众口一词地谴责我的花心。我妈甚至说我到处留情，因为我看见别人的狗总忍不住抱一抱摸一摸，成了不折不扣的狗痴。还好不是花痴。连最善解人意的妹妹也责备我伤害了你："梦梦最爱的人是你，它对你的爱跟别人都不一样，你是它全部的世界。你带了别的狗回来，它以为被你抛弃了，它的世界崩塌了。爱有多深恨就有多深。"

真的这样吗？我感到了迷惑。别人养狗养得合家欢乐，我养狗却养出了恩怨九重天，简直是天下奇闻。

我依然没有放弃努力。我给你买最好的狗食、新衣服还有我所见到的各种新奇玩意儿，想换回那一颗因为爱我而冰冻的狗心。可那一颗狗心仿佛死了一般再也唤不回了。有一段时间，你甚至一看见我就愤怒狂叫，气得浑身颤抖。

梦露，你真的这样恨我吗？

直到有一天，忽然接到了妈妈的电话："露露不行了……"

这段时间以来，你的小便次数减少且有沙状物。妈妈是名医生，一直用金钱草为你治疗，偶有好转至少没有恶化。加上那段时间我正为生计奔波，所以你的病情并没有引起足够的重视。

匆匆赶到家，原来今天中午你就排不出小便了，东闻闻西嗅嗅就是排不出，最后你惨叫连连。我抱起了你，这一刻你没有挣扎，也许是痛苦使你无法挣扎，你那双稚气甜美的眼睛失去了往日的光彩，衰弱地、空洞地看着我的身后，依然不肯看我 。我心痛欲裂。

那时我真恨不得能替你生病，当时成都宠物医疗条件还很差，连起码的透视设备都没有，而是你当务之急需要透视。

其实当时我做好了思想准备，实在不行就带你去北京治疗。钱可以再赚，我还年轻。如果失去了你——我的宝贝，我的良心永远难安。

所幸的是一个分配在偏僻县城的同学向我伸出了援手，她在当地的县医院有熟人，可以天黑后带你去做透视。我永远感激她。

就这样我们一路风尘仆仆来到了那个川北的小城。一路上我抱着你，心里一遍遍地说："宝贝，对不起，是我伤了你的心，把你气成了这样。宝贝，我真的好怕失去你。"一路上，你像个真正的病人，微闭眼睛奄奄一息。

天终于黑了下来。我们像贼一样溜进了县医院。片子终于出来了，上面是个胖兔子形状的光片，膀胱处塞满了大大小小的结石，最大的居然有绿豆大小。真是触目惊心。

晚上，县城的酒店里，我们在"情变"后第一次同居一室。在那深秋的夜里，我多么希望还能像你幼时那样抱着你入眠。可是我一次次把你抱上床来你又一次次跳下去，歪歪扭扭地走到门口，然后在冰冷的地板上默默趴下，这是离我最远的位置。望着你小小的执拗的背影，我真的无语又心疼。

第二天，回到了成都，开始给你动手术。

我看见你站在破旧的桌子上，医生为你注射了麻药。在注射之前，你忽然抬头看了我一眼，目光柔和而充满依恋。我猝不及防，心中大恸。这时麻药发挥了药效，你忽然倒在了桌子上，我抱住了你，你的身体已经发硬，好像毛发蓬乱脏兮兮的卡通玩具。

一种巨大的生离死别的哀伤摄住了我的心。我的眼泪滴在了你的身体上，你那已没有知觉的身体上。医生从我手里接过了你，走进了手术室。

那是我一生中最黑暗的日子啊！手术做了四十分钟，我的眼泪就流了四十分钟。成年后我的眼泪屈指可数，可是那种黑发人送花毛狗的悲伤彻底笼罩了我。我曾自诩经过风雨见过世面，可是此情此景，除了眼泪还是眼泪。

手术结束的时候，全家人赶到了。这时你刚被推出手术室，你的眼睛翻白，舌头伸出，身体僵硬。可是看见我的家人，你的尾巴居然衰弱地摇了一下。妈妈一下子哭了。

我和妈妈分了工，我白天照顾你，妈妈晚上照顾你。你非常衰弱，可是非常坚强，麻药过去后刀口很痛你一声未吭。你平素就是一个非常讲究卫生的狗狗，这种情况下仍不愿随意便便，居然挣扎着起来想要去上卫生间，吓得妈妈赶紧劝住了你。

每天一早，我就带你去输液。那时你腰部缠着厚厚的绷带，浑身散发着浓重的药味，小心翼翼地捧着你，就像捧着易碎的宝贝。你非常乖，护士扎针扎了好几针，才扎到你的血管，我心疼不已可你一声未吭，完全一副任人摆布的样子。我就这样静静地守着你，我轻轻地抚摸你，叫着你的名字，你依然沉默，可是眼光已经变得柔和。

你终于一点点好了起来，我的宝贝。

可是随着你的康复，你对我的态度又恢复了从前。

爱人的心是玻璃做的，狗狗的心呢？

我和西施狗梦露的故事就讲完了。

我和我最爱的宝贝已成陌路七年了。多少次梦中见你，还是幼时模样，活泼顽劣，咬住我的拖鞋不放。我多么怀念我们在一起的快乐时光。你是一个多么倔强有个性的小东西啊！因为你，我再也无法忍受没有狗的日子。从另一个角度来说，我的宝贝，你改变了我的一生。

你那稚嫩的模样唤起了我对世界上一切弱小生灵的怜悯，你的顽劣无时不在考验着我的耐心。在对你每天日常生活的料理中，我懂得了责任心，目睹了一个生命生老病死的过程，虽然残酷，但我认识了生命的本质。你让我逐渐成熟、宽容、丰富又坚韧。

宝贝啊，这一切都是因为你。

如果有前世的话，你一定是我的女儿。

如果有来世的话，你还要做我的女儿。

# 姚铁梅

姚铁梅原先并不叫姚铁梅。

它是我朋友的一条狗。

说到姚铁梅，就不能不说到它的旧主人。她是我早年的女友。当初我们相识时，我惊奇地发现这个世界上居然有和我如此相似的版本——市井出身的她分明貌似文静的我的街头版。的确，我们当年惊人的相似。喜欢穿流浪的吉卜赛人一样皱皱巴巴破破烂烂的衣服，喜欢在尘土飞扬的街头吃辣得让人脸红心跳的小吃，喜欢那种一脸深邃一肚坏水的男人，甚至气急败坏时骂人的腔调也一模一样。

由于种种原因——当然我们自己的解释是生活所迫，主要的原因是我们相似的疏懒，生活显然还没有把我们“迫”到这种地步——同一座城市的我们居然经常泥牛入海地失去了联系。但令人惊奇的是我们总能在茫茫人海里奇迹般地相遇。在游人如织的商场，在冷清幽美的风景地，甚至在一个恐怖的车祸现场，当时我们正屏声静气地看热闹。这次邂逅的地点则是一个阴暗肮脏的厕所，一个令人昏昏欲睡的午后。

短暂的喜相逢之后，开始了我们见面后的固定节目。她声情并茂地向我讲述了她再次遇人不淑的不幸情史，控诉着无情无义的旧爱新欢们。我兴致勃勃地听着，偶尔添油加醋几句，让她更加义愤填膺，看破红尘。

由于我们见面的时间跨度，我可以清晰地看到那个圆脸爱笑的少女走向市井妇人的变化，就像渐渐逼近结局的一幕幕戏，真实得近乎残酷。其实她对我一直亲热如故，可是每每想到她，脑海中现出的总是独自走在街上那张冷漠又恍惚的脸。

正当我们沉浸在对男人的万念俱灰之中时，忽然她眉毛一耸，一声怒喝："小公主，想找死是不是？"

我这才发现不远处有只灰头土脸的小狗正津津有味地吃着不知是什么的脏东西。显然我和小公主都吓了一跳，特别是小公主，抬起头来，一脸的惊恐、委屈与不甘，脏兮兮的脸上还粘着一片枯败的叶子，不像是狗，倒像一只灰溜溜的小老鼠。

这就是姚铁梅。

当时它叫“小公主”，一个令人遐想的名字。

小公主一开始闯入女友的生活就颇有点儿喜剧兼闹剧的意味。幼年的小公主被狗贩子染得乌黑发亮，除了那滴溜溜乱转的眼睛显示它是个活物外，捧在手里，简直像一团柔软的煤球。女友怜香惜玉地捧回家，不料洗浴之后露出了庐山真面目，原来是一只灰不灰白不白的小丑狗。

女友顿时勃然大怒，气冲冲地赶到现场，手里捧着湿淋淋的证据，可是那个巧舌如簧的狗贩子早已不知去向。女友只好骂骂咧咧地收留了小公主。需要一提的是，在女友怒火中烧欲找狗贩子算账的过程中，这个小小的东西像做错事一般，始终在她的手里瑟瑟发抖。

由于女友昼伏夜出的生活习性，小公主也养成了过夜生活的习惯，白天昏睡不醒夜晚精神抖擞。当然在女主人心情愉快的情况下，小公主也会被洗得香气袭人，冲天炮上还绑着小小的欲飞的蝴蝶结，像一个真正的宠物狗体面地出入各种各样的火锅店麻辣烫店，小小的胃里塞满了主人爱吃的火锅粉薯条之类。但当女主人心情恶劣时，小公主不但处于饥肠辘辘的状态，还会随时飞来一只愤怒的拖鞋，让小公主既心惊胆战又莫名其妙。这个时期，大部分时间女主人征战麻海，夜不归宿是常有的事。可怜的小公主只好就地取材解决肚皮问题，报纸、桌腿、拖鞋甚至人民币都成了它的盘中餐。当女主人回来面对一片狼藉，尖叫着追打早吓得屁滚尿流的小公主便成了常演不衰的保留节目。

最后的结局与其说是我主动收留了小公主倒不如说是女友将它像个烫手的山芋一样扔给了我。当时我独自住在城西一间简陋的民宅里，想一想，尽管脏了点儿蠢了点儿，但有个活物做伴也不错啊。

小公主从来没有享受过公主的待遇，这名字对它不仅仅是不适宜的，倒更像一种讽刺。所以在带它回家的路上，我一直在思考如何给它易名。

一到家，我用切碎的火腿肠拌了满满一碗饭。碗刚一放到地上，正懒洋洋龟缩在茶几下面的小公主两眼倏地一亮，箭一般蹿出，像见了久别的亲人，一头扑向了碗。

对于我这种从小生活在城市的人来说，食欲真的是一件可有可无的东西。当时周围很安静，只有碗在地上清脆的磕碰声，小公主急切的咀嚼声，我突然觉得吃饭是一件快乐的事情。

当它终于结束了战斗，抬起头来，舌头飞快地把沾在下巴上的两粒火腿肠一粒米饭卷进嘴里吞进肚里，小小的肚皮已经明显地鼓了起来，可是那双眼睛紧紧地盯着我，分明仍在焦渴地乞求：“还有没有？”

它的面前，放着的是一只仿佛刚刚从消毒柜中取出来的碗。

这一连串的行为实际上是在一个瞬间一气呵成的。联想到梦露用膳时的种种刁钻古怪，我不禁目瞪口呆，正好电视里正在播放着复古京剧《红灯记》的片断，于是我喃喃自语：“真是穷人的孩子早当家啊，好，我姓姚，就叫你姚铁梅吧！”

据说人幼年的经历可以影响他的一生，姚铁梅幼年的经历如今已成了谜。这个小东西很快显示出了它的与众不同。

对于食物，姚铁梅有一种无与伦比的狂热。它永远在寻觅在品尝一切可吃不可吃的东西，牙膏、杂志、钥匙，连皮炎平都曾被它列入了食谱，这种癖好差一点儿要了它的命。当它正沉浸在一截电线的美味之中时，幸亏我眼疾手快当头棒喝，才拣回一条小命。这种行为在当年食不果腹时还可理解，如今在温饱已经解决的情况下依然如此，就有点儿令人大惑不解了。

对外界敏感过度，一点儿风吹草动都足以让它惊恐万分逃之夭夭。第一次给它洗澡，它拼命挣扎奋力反抗，好不容易把湿淋淋的它捞出擦干准备给它吹毛，姚铁梅看见我拿出了嗡嗡作响的电吹风——一个从没见过的新式武器——彻底崩溃了，屎啊尿啊的当场拉了出来，气得我拎过来劈头盖脸一阵巴掌。这个吓得几乎昏死过去的小东西在生死存亡的危急关头，并没有使用尖牙利爪这种狗狗的最有攻击性的武器，它甚至没有用力抓我一下。

如果梦露是一个娇贵的小姐，姚铁梅无疑是穷人家的粗蠢丫头。可能是当年狗贩子用料过猛它又吸收得太好，它脸上的毛黑白灰相间，像一张永远也洗不干净的脏兮兮的小花脸。这个先天不足本来足以令它气短理亏，可它偏偏还是一副不修边幅满不在乎的模样。如果路过一摊水，梦露必定是绕过或者跳过，实在绕不过跳不过，就会站在那里，扭头看你，希望你抱它过去。姚铁梅呢，它才不会为这些小事费心呢，一定会径直走过，留下一串串小小的梅花印。如果它恰好哈欠一打睡思昏沉，管它地上有水还是有尿，先躺下去再说。

和梦露的乖僻冷漠相比，姚铁梅无疑对人要友好得多。看见生人，它总是先怯怯地打量你，小尾巴迟疑地轻轻摆动。但只要你轻唤一声“梅梅”——它显然已适应了自己的新名字——顿时就会热情地扑向你，像见了久别的故人，小小的尾巴摇得快要断掉了。包括曾经伤害过它的我的家人。

它喜欢上了一个叫打滚的游戏。只要你叫一声“梅梅，打滚儿”，它就会毫不犹豫地在地上翻滚几圈，四足朝天，懒懒地露出一片毛茸茸的温热的肚皮。那一双充满了信赖和友好的眼睛心满意足地望着你。后来在与狗相关的书中，我知道了这种袒露是狗狗在向人表示它的不设防。

在我所有的狗中，梅梅无疑是最温顺胆小的，可是它的命运却是最多舛的。对此，我感到了无法言喻的悲哀。

那时候为了生计，我经常早出晚归。每次我出门的时候，梅梅都一反常态固执地要跟我出去，怎么哄都没有用。门只要开了一道缝，它都会冒着把小小的脑袋挤扁的危险拼命钻出去，“见缝插针”这个成语对它的行为做了最好的诠释。常常是我还没有出去它已经在门外了。

情急之下，我利用它的贪吃，剥了一根它最爱吃的火腿肠放在厨房的地上。火腿肠淡淡的肉香让它的小黑鼻子忍不住一抽，眼睛一亮，放弃了守门，兴奋地扑了上去，我趁机飞快地关上了厨房的门。它循声发现上当，立刻放弃了心爱的美食，“呜”一声向着门扑来，爪子拼命地拍打着门，声音凄切，眼神哀怨。我一直走到楼下，它那哀切的呜咽声和“砰砰”撞击门的声音，仍清晰可闻。

晚上回家，我还未上楼梯就可以听见一阵急切兴奋的声音，打开门，还未来得及开灯，一团毛茸茸的东西闪电般地扑了上来，小小的身体热情地拱你蹭你，小小的尾巴像充足了电不停地摇，鼻子里发出惊喜交加的呜咽声，毫不吝惜地表达着漫漫白昼对我的思念以及我归家所带给它的巨大的欢欣和满足。至于早上对它的欺骗，显然它早已抛到九霄云外去了。

由于环境，我所有的狗都少有户外活动，都有伺机出逃的经历。只有梅梅例外。即使门开着，有我在家，梅梅也坚决不肯跨出一步。它就像一只快乐的鸟，围着我不停地叫，以至于让我的走路都变得出其不意地磕磕绊绊。

这是怎样一只对我充满了依恋不知抱怨的快乐的狗啊！

我经常想，在它短短的一生，那个冬夜的相守是否是它生命中最大的亮点，最美的时光？

快乐的时光总是短暂的。

春天来了，我的心却越来越沉重。我和梅梅的分别也近了。我不得不去南方谋生，给梅梅找个好人家成了我当时的头等大事。

那段日子，我充满了忧郁和期待。

最先，梅梅随我火车轮船汽车来到川东的一个小镇，仅仅因为那个小镇上的亲戚在我家做客时曾夸过梅梅几句。一到他家，我不顾劳顿放下行李第一件事就是给梅梅洗澡，只是希望我的梅梅一扫这一路的委顿，给人留下光鲜体面的第一印象。可是当晚梅梅被安排住在四壁透风的阳台，这时候我才明白别人的夸赞有时候只是一种客套。

第二天，我不顾亲戚的殷殷挽留，带着梅梅汽车轮船火车一路颠簸回到了家。

梅梅也许预感到了什么，一路上它变得空前沉默。它就这样被我装在一个小小的纸箱里一路风尘地拎来拎去，不知道的人还以为我拎的是一箱橘子。它在里面几乎一动不动。

写到这里，我忘记交代这么一件事了，在这一段时间我和梅梅的旧主人有了我们一生中最频繁的交往。我经常带着梅梅去她家做客。梅梅和旧主人之间也发生着微妙的变化。由于梅梅易主，女友对它客气了许多宽容了许多。梅梅的小脑袋是想不明白这些复杂的问题的，对旧主人敬畏依旧，对热情递过来的曾经可望而不可即的巧克力也表示了破天荒的狐疑。

对于梅梅的归属问题，女友也陪着我长吁短叹。

正在这个时候，女友的一位中学同学在逛街的时候碰见了她的另一位中学同学。前者久未与女友联系，于是从后者那里得到了她的地址。我之所以要绕口令般地写下这么一段，是因为这次偶遇影响到了梅梅的命运，让我再次感受了命运的偶然性。

得到地址的同学街也不逛了，兴冲冲地拜访女友来了。她就是冰冰。

人们常说“同性相斥异性相吸”，这个定理对我似乎意义不大。对于美丽爽朗的女孩子，我天生充满了友善和喜爱。对于男人则从来都保持着距离，这种距离又和他们的魅力成正比。

“哈哈，好可爱的小狗！”冰冰一把把玩得筋疲力尽弄得浑身脏兮兮正循声跑来看热闹的梅梅抱起来，最自然不过地亲了亲梅梅的脑门——它的脸实在太脏了。

在整个相见欢的过程中，冰冰始终抱着梅梅，梅梅也一直好奇地注视着她，只有在看见我们分食牛肉干的时候微微地挣扎了一下。冰冰则心领神会地撕了一小块塞进梅梅期待已久的嘴里——那个通常被我和女友称为“无底洞”的地方。

当时我们热烈地交谈着，显然忽视了一个人——百无聊赖地坐在沙发上，看一张皱巴巴的不知哪年的报纸的阴郁粗壮的男人，他是冰冰新婚的丈夫。

一来二去，梅梅托付给冰冰已是当时最合理的选择。

最后的日子终于到了。

交接是在女友家里完成的。看到梅梅和新主人其乐融融的样子，我发现自己并没有想象中的伤感。

我和女友一直把冰冰夫妇送到门口。在他们上车的一瞬间，冰冰突然转身，把梅梅递给我，笑着说："你再抱一次吧。"

猝不及防，那个被我细心地洗净了的，散发着淡淡柠檬香味的小小的毛茸茸的温暖的身体交到了我的怀中。

橘黄的路灯下，我清清楚楚地看见了那一双黑黑的亮亮的小眼睛正痴痴地一眨不眨地若有所思地盯着我。

我想说一句轻松的话，喉头却一下子哽住了，只好无声一笑。黑暗中，女友轻轻地揽了一下我的腰。

当时我并没有想到，这就是我和梅梅的最后一面了。

到了南方，我最牵挂的是梅梅。因为当时无法直接与冰冰夫妇联系，所以每次与女友通话我都托她替我打听梅梅的情况，甚至隐隐希望她能亲自去看梅梅。女友每次都爽快地答应了。可是我心里很清楚，当时正进行着一场惊世之恋的她没有时间也没有兴趣去关心一下梅梅。

大约是六月的一天，晚上我做了一个梦。我不知道别人的梦是什么样的，我所有的梦都是模糊不清，支离破碎的，似乎都发生在昏暗的暮色里。

我梦见了梅梅。

梦中的它只是静静地看着我，双眼盈盈欲诉却欲言又止，如果这个时候它突然开口说话我一点儿也不会惊讶。场景好像是一个喧闹杂乱的菜市，它的旁边倒着一个破旧的炉子。

我的梅梅就这样用人类才有的眼神，一言不发地看着我。

我一下惊醒了，被这个意义不明的梦弄得睡意顿消、天一亮就打了个电话给女友。女友惊讶得脱口而出："难道梅梅给你托梦了？"

可是粗心的我并没有听出什么。

翌年冬天，我回到了故乡。

第二天一大早就去了女友家打算邀她一起去看梅梅。一年未见，即使她素面朝天也有一种沉沉的风尘味。这次见面她破例没有向我讲述那永无休止的爱情故事，而是面色沉郁地拿出了一封厚厚的信。一打开居然是她的笔迹，顿时我陷入一种莫名的惶恐之中。

她的文笔并不好甚至有很多错字，匆匆翻了几页都是在感叹生命的短暂和无常，还举了几位我们共同熟识的早逝的人作为例子。

我疑惑地抬起头，实在不知道她写了一篇中学生作文交给我的用意，她一脸严肃，我只得继续浏览："梅梅的死……"

成年后我的眼泪屈指可数，但在女友逐渐被夜色吞没的陈旧杂乱的客厅里，我失声痛哭。

我把带给冰冰的礼物托女友带去。我再也没有提过梅梅。

像一种神奇的巧合，所有关于梅梅的故事都发生在冬天。

多年后的一个阳光灿烂却又寒冷入骨的冬日下午，一个极偶然的机会，我意外地得知了梅梅故事的新版本。

梅梅并没有死。真正的原因是在冰冰夫妇一次激烈的争吵之后——他们为什么吵架以及怎样吵架的无从得知，气急之下那个已成为冰冰前夫的男人扔掉了我的梅梅，我的胆小的温顺的善良的不知设防的梅梅。

那段日子恰好是我梦见梅梅的日子。

得知这个消息后，我并没有像女友想象的那样会展开疯狂的不自量力的寻找，我只是接受了这个事实而已。

只是这种内心的感受化作了一根针，隐藏在我身体某个隐秘的角落，在寒冷的夜晚隐隐作痛。从此每一个有风有雨的夜晚我再也不会安宁了，就像一个得了强迫症的病人，我反反复复地想一个问题：

梅梅，你会不会冷？

以上就是我和一条狗的故事。

关于冷酷。

关于温情。

# 疯狂萝莉姚黑黑

米辣辣走的第五天，黑黑就来到了我身边。

悲伤中的我，早已失去了所有的灵感。因为它是黑色的，所以就顺口叫黑黑，英文名布兰克、布兰克。

## 一、可爱的黑黑

早晨醒来，感觉一个毛茸茸、软乎乎的东西在触碰自己的脸，睁开眼睛，眼前一黑，原来是黑黑在跟我打招呼！见我醒来，黑黑笑眯眯地望着我，伸出粉色的小舌头，开心地摇着小尾巴，模样可爱极了。原来它的窝放置在我的床边，新窝的靠背被黑黑当成了梯子，拾级而上，顺利地跃上了床！

我忍不住把这个乌黑柔软的煤球捧在手里，默默对视。

这是我们第一次如此长时间的对视。彼时的黑黑也痴痴地望着我，小小的黑豆儿般的眼睛，有几分好奇，几分探究，几分羞涩，还有几分不安。慢慢地，从那双稚嫩天真的黑眼睛里，我找到了曾经无比熟悉，但是失去后让我痛彻心扉的东西，那分明是米辣辣的眼神。

我的眼泪流了下来。

黑黑开始慢慢适应新家。晚上临睡前总是一天中最温馨的时候，我会把黑黑抱起，对着它亮晶晶的黑豆儿眼睛说几句话，或者把它翻得仰八叉，在黑黑小猪崽儿一样滚圆的肚皮上轻轻为它按摩，

晚上上厕所，迷迷糊糊中，黑暗之中无声地飘来了一团更加浓重的黑暗，想都不用想我就知道黑黑来了。果然，伸手一摸，一下子就触到毛茸茸的黑黑。每晚我上厕所它都会跌跌撞撞跟来，然后俯在我脚下边打瞌睡边陪我。

在黑黑到新家二十天左右，我带着黑黑外出游玩。因为要上厕所，我把黑黑的牵绳递给朋友就径直走了。

但是我刚走几步，我的身后就传来了无比凄厉的尖叫！在此之前，我从来没有听见黑黑发出这种尖叫。它是那么绝望，那么无助，那么恐惧，那么焦灼又是那么稚嫩。

原来黑黑看见我走了，顿时就急了，拼命往前冲，小小的脖子被绳子紧紧勒住，见我消失在拐角处，黑黑发出了凄厉的尖叫。见到我回来，黑黑紧紧地抱着我的腿，毛

茸茸的脸上既有失而复得的喜悦，又满是委屈，还一边咿咿呜呜的，仿佛在询问又在责怪。

我突然很感动，原以为黑黑不懂爱，只是个喜欢咬脚指头、翻垃圾桶、吃卫生纸，胃口奇佳的小疯子，没想到二十来天的相处，小小的黑黑已经对我有了很深的感情，这也是我第一次感受到黑黑对我的依恋。

和米辣辣相反，黑黑对人非常亲近，哪怕是陌生人，只要赞一声“好乖”或者眼神透出喜爱，奇怪，这眼神总能飞快被黑黑捕捉到，它马上跳起来围着人家撒娇卖萌。很早我看书就了解过，狗真的有这种特异功能，知道哪些人是真心喜爱自己的，甚至哪些人是为了某种目的故作喜爱状的，对于后者，它们会冷淡而警觉。

某次在商场门口，出来一个行色匆匆的年轻女人，虽然美丽却郁郁寡欢，但是一看到黑黑，她的眼睛马上就亮了，脸上溢出了好看的笑容。人来疯黑黑凭借体内神秘的雷达飞快地捕捉到了这个信号，马上欢天喜地活蹦乱跳。她笑眯眯地弯腰摸了下黑黑的小脑壳，抱了抱黑黑，虽一言未发，但是整个表情柔和了很多。

## 二、脚指头狗魔

周迅有部电影叫作《指甲刀人魔》，讲的是一个以食用指甲刀为生的女孩的故事。如果世界上真的有指甲刀人魔的话，黑黑就是当之无愧的脚指头狗魔。

那团乌黑柔软的小煤球来到我家，给予我们的第一个礼物就是啃脚指头。当然黑黑啃的不是它自己的脚指头，而是逮谁啃谁。那个时候，到我家的朋友见到黑黑都是抱头鼠窜。

黑黑正在生长中的尖利的小牙齿啃得人生疼，边啃还边啧啧有声，一副陶醉的样子，好像脚指头真的是世间至高无上的美味一样。那时候，无论我在看电视上网，或是在厨房做饭，忽然间，脚指头一疼，心头都会一凉：糟糕，脚指头狗魔驾到了。

此时的黑黑就像一块牛皮糖一样甩都甩不掉，无论你怎么甩它，黑黑都牢牢地咬住你的脚指头忘情地啃。唉，当年梦露最爱啃脚后跟，它是深秋进入我家的，家人都穿上了棉拖鞋，它大概没有脚指头啃只能啃脚后跟。为了保护脚指头，我自作聪明地穿上了洞洞鞋，厚实的洞洞鞋盖住了脚指头，这下黑黑你啃不动了吧？可是聪明的黑黑马上又开始啃脚后跟，唉！

的确，脚指头狗魔黑黑给我们带来了烦恼，但是它的可爱渐渐驱走了我的悲伤，给我带来了新的快乐。

每次给小黑黑梳毛，梳到眼睛周围的时候，它总是会马上把眼睛闭得紧紧的。刚刚开始我还有点儿紧张，以为弄伤它的眼睛了。待我梳子离开眼睛周围，小黑黑的两只圆溜溜亮晶晶的黑豆儿眼睛马上就睁得大大的了，真是可爱极了！

狗真是世界上最天真的生物。黑黑很喜欢趁我不备，以迅雷不及掩耳之势舔我吻我让我防不胜防，躲都躲不成。我昨天躺在沙发上睡觉又被吻醒了，睁眼看见一张胖乎乎、笑眯眯的毛脸，使劲儿把它推下去，它跟弹簧一样又过来了，唉。

平时我躺在床上看书时，黑黑喜欢顺着我的肩膀，灵巧地跃到我的头上，像只威风凛凛的小猴子。我躺下睡觉时，它则喜欢挨在我的头边睡觉，听它的小心脏咚咚咚跳动，还有香甜的小呼噜声，感觉很奇妙。

小时候的黑黑整天跟打了鸡血似的，贪吃又好动。每当黑黑恹恹欲睡时——被称我为“没电的黑黑”——黑黑软绵绵的，像根面条，柔若无骨，和“有电”时的生猛判若两狗。因为困倦，小黑黑不但可以随意摆弄，小小的黑豆儿眼睛还微微闭着，慵懒的模样真是可爱极了。

黑黑每天很早就醒了，但它虽然顽皮，倒是还有底线，那就是绝对不会扯着嗓子大鸣大放、大吵大闹，扰人清梦。它会小心地围着我的床转来转去，时而会踮起小脚，把黑脑壳放在床沿上，看我醒了没有。无聊之中，它还会一个接一个地打哈欠。

黑黑的哈欠很特别——嗷呜——慵懒又娇嗔又绵长。有一次在电梯上，黑黑无聊中，“嗷呜”一声打了个长长的哈欠，对面的女孩很惊喜：“这只狗太可爱了。”

## 三、你家的狗很热情

黑黑一天天长大了，也越来越顽皮了。

邻居对我说：你们家的狗很热情。我知道，这是对疯疯癫癫、彪悍的黑黑很委婉的评价。

我只要一开门，黑黑都会像箭一样冲出去！如果门外正好有人，这根离弦之“箭狗”就会马上抱着人家的脚开始啃。人家起初都吓了一跳，但是看到一只黑色的可爱萌狗也就释然了，甚至还会夸它“活泼”“热情”之类，长得乖果然占便宜啊！最后当然是黑黑在我的追打呵斥中，像猴子一样灵巧、兔子一样敏捷地逃回家里了事。

黑黑一岁后，我开始了每晚遛狗狗的漫长工作，精彩纷呈的外面世界从此对黑黑开放。

黑黑一看我拿出牵引绳就会开心得尖叫，一路上更是快乐得不得了，完全像个小疯子，要么拔足狂奔要么呈S状行走，我经常把它踩得尖叫或者它差点儿把我绊倒。

如果前面有人提着食物在走，黑黑就会挣扎着妄图扑上去大快朵颐。一次，有个女孩坐在台阶上打电话，另一只垂着的手还拿着根肉串。强盗黑黑看见了，猛扑上去，欲强抢肉串吃，幸好被我拖住。

如果有人夸黑黑乖，它更是会欢天喜地地扑上去抱住人家的腿，跳起来亲人家舔人家，小小的尾巴摇啊摇摇到外婆桥去了，跟找到失散多年的亲人似的。

狗界的尊卑是非常森严的，黑黑作为狗金字塔最底端的一只小女狗，其他狗对它其实并不友善，一路上不是被其他狗追打就是咆哮。但是这显然并没有影响到黑黑的心情，它依然非常开心，一路上像一条活蹦乱跳的鱼，一只欢呼雀跃的鸟。不管什么，都休想破坏黑黑的好心情。

无疑，黑黑是只可爱的狗，但是随着年纪的增大，它的行为明显缺乏教养，缺乏管束。拥有一只听话优雅的淑女狗的梦想，在我的心中蠢蠢欲动。这个时候，我才想起，我是莱丽姐的学生，学习过整整一年的宠物行为心理养护及美容啊。

黑黑实在太需要训练了，它就像一条搁浅岸边的鱼，奄奄一息地长大嘴巴，等候着从天而降的甘霖。

训练当然从最简单的开始。我拿出黑黑喜欢吃的奶片，黑黑顿时眼睛一亮，扑上来欲抢夺。不过这回我可没那么好说话了，一手高举奶片，一手指着黑黑，低声而威严地吐出两个字 :“坐到！”训练用字，越简单越好，啰里啰唆一大堆，狗反而会觉得云山雾罩。

黑黑一愣，眨巴着黑豆儿眼睛，看着我的手指，犹豫一下，居然乖乖坐下了。

初战告捷，我压抑住自己的喜悦兴奋，拿出奶片奖给黑黑，一边说了句“good girl（好孩子）”，一边摸了一把黑黑的毛脑袋以示嘉奖。

显然，我高兴得太早了。黑黑确实很聪明，在以后的日子，只要我手上拿了吃食，根本不待我发出“坐到”的指令，黑黑都会从窝里飞快跃出，或扔下正撕咬的玩具，马上跑到我面前，乖乖坐下，扬起毛脸，一脸期待。

如果我手上没有吃食，那么任我喉咙喊破，它也置之不理。

黑黑的淑女课就这样可悲地结束了。

有感于和小黑黑的无法沟通，我的QQ签名改为“白天不懂夜的黑”。结果有个故作深沉的男人问我：“你指的是不是男人永远不能体察你们女人的心事？”他希望我能打开话匣子，向他痛说革命家史。

## 四、把世界放在嘴里尝尝

黑黑的前世，估计是一条金鱼，所以今生它吃一切可以吃不可以吃的东西，随时准备把自己胀死。

我每次做饭的时候，黑黑都会耐心蹲在我的脚下，哪怕冒着被踩得尖叫的风险，它都会一直很有耐心地仰着毛脸，盼望着我切菜洗菜时候不小心掉下来的宝贝：一根豆芽、一小块西兰花、一小节葱、一颗蒜甚至半个蛋壳，它都会如获至宝般抢下，然后跳进窝里，津津有味地抱着啃食。某天，它甚至有幸品尝了一小块我做回锅肉时不小心掉下来的“川菜之魂”——郫县豆瓣。

黑黑第一次喝鸡汤，一共喝了三次才喝到。第一次我还没有来得及放到地上，便被疯狂跳跃中的黑黑脑壳一顶，打翻了。第二次我汲取了经验教训，小心翼翼放到地上，说时迟那时快，被黑黑以迅雷不及掩耳之势撞翻了！黑黑第三次才喝到美味的鸡汤，然后开心地顶着小碗叮叮当当疯跑。

某天和黑黑快乐嬉戏时候，我突然闻到它嘴巴里的卤菜味道，我根本不用去察看，就知道我可怜的午餐——一包卤牛肉已经成了泡影。后来我就再也没有见过那包卤牛肉，我坐车去买它，然后回家把它放在茶几上，那一幕幕简直就像一场梦一样虚幻。当时我连一丝轻微的悲愤都没有，看着天真活泼的黑黑，只是喃喃吐出了两个字："强盗！"

更有一次，从厨房走进客厅，我简直不敢相信自己的眼睛：黑黑正轻快地跃上沙发，然后两只爪子顺势稳稳地搭在了餐桌的沿儿上，用嘴飞快地从盘中拖了一根麻辣劲爆的凉拌折耳根，吃得非常之开心（成都狗就是不一样啊，天生嗜辣，又麻又辣的菜，黑黑吃得眉头都没有皱一下）！我可怜的布艺沙发上面沾上了星星点点的红油。

我边敷面膜边看书，看着看着就睡着了，醒来后发现黑黑正津津有味地吃我脸上的面膜，吃得吧嗒吧嗒的，貌似很美味的样子！黑黑不断用它惊人的贪吃来刷新我们的底线啊，因为贪吃，它的肚皮永远像小猪崽儿一样滚圆。

更可怕的是，有一天，家里飞来了一只蝴蝶，"你从哪里来，我的朋友，好像一只蝴蝶飞进我的窗口……"歌里唱得倒是声情并茂啊，可是我家里的蝴蝶就没有那么好运了。

那只漂亮的蝴蝶在我家里飞呀飞，不幸被黑黑发现了，只见它飞快地从窝中跃出，好奇地凑了上去，然后以迅雷不及掩耳之势飞扑上去。我还来不及反应，就看见黑黑把抓着的蝴蝶塞进嘴里嚼着吃了。那个可怜的不晓得是梁山伯还是祝英台的倒霉蛋拼命挣扎，不断扑腾着的翅膀渐渐被黑黑的无底洞吞噬了。

由于我的坚壁清野，有段时间黑黑实在难觅果腹之物，于是它就偷吃我的螺旋藻，把牙齿吃得跟绿巨人一样绿绿的；居然把奶粉袋子的夹子弄开了，把脸埋在里面狂吃奶粉，抬头时那张如同日本艺妓一样苍白的脸着实吓了我一跳；电梯里我和邻居闲聊，黑黑趁机偷吃邻居菜篮里的葱……

别人认识世界，或许是通过眼睛、通过耳朵、通过各种感知方式，但是黑黑比较特别，显然它是通过把世界放在嘴里尝尝的方式，来认识这个全新的世界的。

如今，我削苹果，黑黑就吃削下的长长的苹果皮，吃得沙沙作响，仿佛我的脚下卧了一只吃桑叶的蚕宝宝，看着无聊的电视，突然觉得这缓慢的流年，竟有几分温馨美好。

## 五、吾家有黑初长成

我上厕所的时候，黑黑喜欢从厕所门下方的缝隙钻进来。随着时间的推移，黑黑钻得越来越吃力，终于有一天，黑黑卡住了。我的小黑黑长大了。

长大了的黑黑，是如此渴望友情和爱情。

黑黑唯一的朋友，就是邻居家的小花狗。两狗见面，非常亲热，互相舔舐，打闹追逐，抱着打滚，快乐得像两个小疯子。有次两狗见面，小花狗一直跳跃着从各种角度，不停亲吻黑黑的毛脸，我在想青梅竹马暗生情愫，小花狗莫不是对黑黑春心大动了吧？

仔细一看，原来黑黑刚刚偷吃了芝麻糊，沾了一毛脸，因为都是黑色的所以我没有看清楚。小花狗可比我明察秋毫得多，看上去是跳跃着亲吻黑黑，其实是在分食它脸上的芝麻糊呢。

有段时间，好久没见小花狗了。邻居进进出出，也再也没见小花狗跃进跃出。我问邻居，邻居答道："扔了，不想养了，麻烦。"

黑黑最好的朋友，在成都最冷的冬天，就像一双破袜子一样被扔掉了……

狗的世界，不但等级森严，而且和人类社会一样，也充满着严酷的争斗。

某日，在小区中看见一只小狗，张嘴吐舌，龇牙咧嘴，眼泪汪汪，煞是滑稽。我问："怎么了？"

主人答："地上捡了一根泡椒凤爪吃，辣惨了。"早就风闻小区有一顽劣小狗，某日女主人遛它没系绳，它趁机撒开蹄花儿在院中狂欢狂奔。可怜的女主人整整追了两小时都没有捉住，食诱色诱都坚决不上当，像兔子一样灵巧躲避，像猴子一样上蹿下跳，最后还是周围革命群众路见不平，拿出当初围捕"二王"的劲头，合力才把它捕猎回家的。一问，果真是它。

而且它是所有的男狗中，唯一会欺负黑黑的。某次它的女主人抱了下黑黑，它远远看见，就像看见老婆红杏出墙的男人一样，气得飞奔过来，把黑黑撞得四蹄花儿朝天，然后压上撕咬，吓得黑黑尖叫，我们赶忙拉开。

当然，也不是所有的男狗都这样不解风情。某次我遛黑黑时，路旁一只小白对美少女黑黑一见钟情，拼命挣脱了主人，跑到黑黑跟前，摇尾乞怜，献媚承欢，各种肉麻之姿，不输人类。远处一只平常喜欢黏着黑黑的小黄见之，醋海生波，怒从心起，怒吼着飞奔而至，像西班牙斗牛一样把小白撞得在地上打了好几个滚儿。情敌相见分外眼红，两狗自是打成一团。不过舆论旋涡中的绯闻女主角黑黑却出奇地淡定，眼皮子都没有抬，挺着骄傲的小胸脯，哒哒哒地迈步走了，徒留两狗打得甚嚣尘上难解难分。

原来只道红颜祸水，没想到祸水也可以是黑颜啊。黑黑不但在狗中间掀起了战争，犹如特洛伊战争中的海伦小姐，而且将它的黑手，伸向了人类的美男。

黑黑小时候，某天，看见电梯前蹲着一个邻家美男，正在专心整理一个大箱子，露出了白花花的半个屁股。黑黑见状，蹑手蹑脚上前，伸出软绵绵的粉色舌头，在人家白花花的屁股上，轻轻一舔。

邻家美男原本正聚精会神地整理，突然间屁股遭遇一个软软凉凉的古怪东西偷袭，可谓魂飞魄散，顿时吓得双腿酥软，张牙舞爪间，差点儿跌倒在地，一屁股坐死偷袭的小色魔黑黑。回眸一望，哪有黑黑的影子，它早就飞也似的逃遁了。

如今，黑黑还年轻，它的狗生之路尚还漫长，它的故事还有很多，如果喜欢听的话，我会一直讲下去的，这只顽皮的贪吃的快乐的狗，希望它永远都能这样吧。